JN306826

# 紗央里ちゃんの家

矢部 嵩

角川ホラー文庫
15343

僕の従姉《いとこ》に紗央里ちゃんという子がいた。

紗央里ちゃんは僕より三つ年上の中学二年生で、叔母《おば》さんの家の一人っ子だった。僕には姉がいて、姉と紗央里ちゃんでは姉が一つ年上だった。

僕たち家族には夏休みのうち数日間叔母さんの家まで泊まりで遊びにいく毎年の習慣があった。叔母さんの家は車で七時間ほどの距離にあるので、どうしても大きな休みにしか遊びにはいけない。

今年もまた夏休みがやってきて、僕たち家族は今年もまた叔母さん宅へ遊びにいくことになっていた。

ただ、今年はいつもの年と違うことがいくつかあった。些細《ささい》なことからそうでないものまであったが、一様にそれまでの年にはなかったことだった。そのため僕は漠然とではあるけれど、居心地の悪さというか、自分の立つ位置のおかしさのようなものを感じていた。

一つは、僕の姉が高校への受験を控えていること。

姉は今年中学三年生で、夏休みは勉強のためにそう何日も遊んでいられないらしかった。留守番は話し合いの結果進んで申し出たらしかった。

二つ目は、僕の母親も家に残るということ。

これは姉が家に残ることでそのまま決定された。中学三年といえども一人で何日も家へ置いておけないということらしかった。

どちらも僕が知ったのは全て決まった後だった。受験というのはつまりテストらしいのに、ただ一度のテストのためにそこまで労力を注ぐ姉と両親は至って周りに関心のなかった小五の僕にはどうも不可解だった。

その年僕は父と二人きりで叔母さんの家へ遊びにいくことになった。二人といってもさほど気まずくなるとは考えなかった。僕と父はたぶん仲のよい親子だったし、それまでも二人で遠くに出かけることは何度かあったからだ。ただ、同様に僕は母とも姉とも仲は悪くなかったたし、また今まで二人だけで叔母さんの家へ遊びにいったことがなかったので、違和感に対する不安はあった。

三つ目に、最近祖母が亡くなったことがあった。

叔母さんの家には、叔母さん夫婦と紗央里ちゃん、そして叔母さんと僕の父の両親、僕の祖父母が住んでいた。

祖母も僕らととても仲よしだった。叔母さんの家で紗央里ちゃんの次に僕がよく話す人が祖母だった。それだけに数ヶ月前の不幸の時は悲しかった。葬式には行けなかった。この夏休みが祖母の死後初めての叔母さん宅ということになった。祖母のいない叔母さんの家というものは、想像がつかなかった。

そして最後の違いは、僕たちがその夏に訪れた時に、叔母さんの家に紗央里ちゃんがいなかったことだった。

## 1

強い雨の中僕たちは高速を降りる。

叔母さんの家に近付くと高速からはほとんど田んぼばかり見えた。叔母さんの家も田んぼに囲まれている。季節は夏なので晴れていれば一面に広がる青い稲田が見えるのだけれど、雨で視界が煙っていた。

インターチェンジを降り雨の中を三十分も走ると目指す叔母さんの家へ着いた。二階建てのその家はマンションである僕の家から見るとべらぼうな大きさを誇っているように見えた。祖父母の頃からの家なので造りは旧《ふる》かった。父さんは庭先の砂利の上に車を止めた。

僕らは車から降りて、荷物はともかく挨拶《あいさつ》をするため雨の中を小走りで玄関へ向かった。雨はかなり勢いを増していて、庭から玄関までの距離で二人ともなかなかに濡《ぬ》れてしまった。

頭を振って雨粒を落としながら父さんがインターホンを鳴らした。雨音でベルが鳴る音は聞こえなかった。

反応はなかった。

父さんが再び四角いボタンを押した。

一分待っても反応はなかった。

「留守かな」僕は呟《つぶや》いた。

父さんがドアの取っ手を回してみた。鍵は掛かっているらしかった。

「普段は開けっ放しなのに。今頃着くって昨日の内にいっといたんだけどなあ」父さんは首を傾げた。

「おじいちゃんもいないのかな」

「じいさん寝てるんじゃないか」

叔父《おじ》さんは仕事で恐らくまだ帰らないと思われた。叔母さんが出かけていても長くは空けないだろうと思って僕たちは玄関先で待つことにした。車へ戻るだけでもずぶ濡れになりそうだった。

十分待っても二十分待っても三十分待っても誰も帰ってはこなかった。

僕はさすがに冷え始めていた。膝《ひざ》が小刻みに動いているのが判った。父さんを見ると歯を激しく鳴らしているのが見て取れた。雨は更に激しく降り頻《しき》り数メートル向こうの車さえ霞《かす》んで見えた。

「あ車鍵掛け忘れたかも」不意に父さんが声を上げた。

「寒い」僕はいった。

「うん」父さんは短くそれだけ返事をした。

これ以上はたまらなかった。僕は祖父が目覚めたことを祈ってもう二度三度と呼び鈴を押した。

しばらくしても応答はなく、僕らが再度諦《あきら》めかけた時、スピーカーから微《かす》かなノイズが聞こえた。

「いた！」父さんが思わず声を上げた。僕も少しの怒りと安堵《あんど》から息をついていた。

「はいどちらさま」

予想に反してスピーカーから聞こえたのは祖父でなく叔母さんの声だった。

「こんにちは叔母さん。開けて。着きました」すかさず僕が応《こた》える。

「あっ！　今開けますね」叔母さんは驚いた声だった。僕らのことなど忘れていたのだろうか。

スピーカーのノイズが切れた。

一分待ってもドアは開かれなかった。

更に一分ほどして僕がもう一度呼び鈴を押そうとした時、玄関へ走ってくる音が聞こえた。

鍵の開く音がして、ドアが中から開いた。

その瞬間気にならないほどの煙るような何かの臭いが玄関の中から広がった。僕は思わず顔をしかめたが一瞬のことで、すぐに雨の臭いに掻き消されてしまった。

「お久し振りー。どうぞ入って」

叔母さんが快活に笑みながら顔を覗《のぞ》かせた。

こんにちはといおうとして僕は引き攣《つ》った。

叔母さんはエプロンをつけていた。

「一体何をしていたんだよ」父さんが苦情をいいながら玄関へ入ろうとしてそこで止まった。

「二人ともびしょ濡れでないの」そういって叔母さんはエプロンで血に濡れた手を拭いていた。エプロンはその部分を中心に赤黒く湿っていた。確かあのエプロンには小さな猫の親子がプリントされていた筈《はず》だけどそんなものは赤黒く潰《つぶ》れてしまい見当たらなかった。エプロンだけではなかった。叔母さんの手は肘まで赤かった。というより叔母さんは肩から上以外はほとんどたぶん、一色に統一されていた大量の血で。玄関の中は暗くてよく判らなかったが、床には叔母さんの歩幅に合わせて染みが出来ているようだった。玄関マットの背の高い毛はだらしなく寝ていた。

僕たち二人はどちらも何かをいおうと思ってはいたけれど、どうやっても声が出なかった。

「どうしたの黙りこくってどうしたの黙りこくって」

叔母さんは呆れたように笑っている。

笑いながらしきりにエプロンで手を拭き続けている。

どこかで雷が鳴ったような気がした。

唐突に父さんが言葉を思い出したらしく、あーといってから続けて喋った。

「怪我したの」

叔母さんはきょとんとしてから、雷にも増して大きな声で笑い出した。

「違うのこれはえっとそうあれよあの魚！　魚をそう今開いててね。返り血っていうか生でね魚、うん。ちょっと凄《すご》いかさすがにこれは」そういって叔母さんは血のついた手をひらひらと振って見せた。手からは飛沫が飛んで僕の顔にかかった。飛沫が何色かは恐ろしくて顔をぬぐったりも出来なかった。

「あー魚か魚なら」父さんは不安そうな顔つきで独り言気味に呟いた。

「驚かせちゃった？」叔母さんはまだ笑っている。「そんなことより早く上がって。風邪ひくよ」

そういわれて僕はようやく体が動いた。叔母さんに従うようにして、家の中へ足を踏み入れた。靴を脱いで、揃《そろ》えて並べる。

叔母さんが僕たちに背を向けた時、僕は思わずぎょっとした。

叔母さんの腰の、エプロン紐が斜めに交差しているその奥に、包丁の柄のような、黒くて湿った木を見たのだ。

遅れて玄関へ入ってきた父さんに何か、何かを訊こうとして僕は振り返った。父さんは血で濡れた自分の掌《てのひら》をぼんやりと見ていた。玄関の内側の取っ手は叔母さんと同じように濡れていた。

2

僕たちは毎年玄関を入って左手にある部屋に泊まることになっていた。和室だ。色褪せた畳の上に、小さなテーブルと箪笥《たんす》があるだけの小さな部屋だった。雨が降っているからか、どこか湿っぽくて、変な臭いもした。

荷物を運ぶのは後にして、とりあえず僕と父さんは借りたタオルで頭などを拭いた。

叔母さんに渡された白いタオルにはピンク色の手形がついていた。

叔母さんの手形に撫でられるように髪を拭いた。

部屋には窓がないので外は見えないがまだ雨は降っている。

僕は父さんに話しかけることにした。

「さっきの」

「んんん？」

父さんは僕の真正面に前かがみに座って、タオルで顔を拭いている。

「血」

「うん」

父さんの手が止まった。タオルは顔に当てたままだ。

「魚かな」

「魚というのだから魚だろう」タオルで顔を覆ったまま答えて来た。

「魚ってあんなに血が詰まってるの」

「大きな魚か、たくさんの魚かなあ」

「なんに使うのそんなに魚」

「料理じゃないかなこう、ご馳走を、ご馳走してくれる気なんだろ」

「でも生きた魚を取ってくるの？」

父さんは顔をタオルで覆ったまま微動だにしなかった。十本の指が顔の凹凸に従って、タオルを顔に固定していた。タオルは父さんの鼻の形に浮き出て見える。

「貰ったんじゃあないかな生魚誰かに。川で釣ってきたとか」

僕が更に問いかけようとした時、部屋の襖《ふすま》が開けられる音がした。僕は反射的にそっちを見た。

おじいちゃんが立っていた。

「おじいちゃん」

「じいさん」

僕たちは口々にいった。懐かしさがこみあげてくる。思えば叔母さんもそうだけれど去年の夏以来の再会なのだ。

「うんよくきたな」おじいちゃんは小さな声でそういった。

「元気だった？」僕が訊いた。

おじいちゃんは頷いた。

「じいさん寝てたのか」父さんが訊いた。

おじいちゃんは首を振った。

「なんだ起きてたのか。ならさっき開けてくれてもよさそうなもんなのに玄関」

おじいちゃんは今度は何も返事を返さなかった。

僕たちも怪訝《けげん》に思って何もいわなかった。

雷が鳴った。余韻が響いた。

「ゆっくりしていきな」おじいちゃんはそういうと襖を閉めた。襖は左右逆に立てられていた。

そっけないと父さんは呟《つぶや》いて頭を拭き始めた。

上の階からどたどたとした足音が聞こえてきた。

「父さん」

「ん？」

「叔母さんはさっきから何してんのかな」

「さあ」

右から左へ、廊下を渡って、あるいは階段を下りて、上って、ひっきりなしに足音が家中を駆け巡っていた。それから時々、あちこち何かを開け閉めする音。ドアの開く音閉まる音。何かをこぼし、そして拭く音。

「忙しそうだね」

「父さんたちが来たから片付けてんじゃない」

「ふうん」僕たちが来ることは判っていたのだからもっと早くに片付けていればと僕は思わないでもなかった。

叔母さんは忙しそうだし、やることもなくなったので僕たちは傘を借りて荷物を車から降ろした。外は相変わらず凄い降りようだった。

ややあってから叔母さんが、少し早いが夕食にしようと声を掛けてきた。

3

「紗央里ちゃんがいないね」

僕がそういうと叔父さんは固まった。手に持った箸の切っ先すらも微動だにさせなかった。顔も体も凍ってしまったように硬直している。

父さんは不思議な顔を見せている。

「けたけたけたけた」叔母さんだけが一人先ほどの笑いを引き摺ったまま、まだけたけたと笑っている。

ちなみに叔父さんとは夕食の時に初めて顔を合わせた。実は叔父さんも仕事ではなくずっと家にいたそうだ。

その日の叔母さん宅の夕食はカップ焼きそばだった。大量の生魚の影はどこにも見えなかった。ただし臭いはした。壁向こうの台所から生の臭いがぷんぷんとする。そんなこととは関係無しにそのカップ焼きそばはおいしかった。僕はあまり家でそういうカップものを食べた覚えがなかった。焼きそばと銘打たれてさてしかし明らか焼きそばとは非なるもの。だが確かに焼きそばである。衝撃といえば衝撃だった。その簡素な白い器に抱いていた偏見は、不思議な角度から溶解していく。先入観と白い器は消え去り、残されたのは今まで知らなかった新しい焼きそばだった。

「紗央里は家出したの」叔母さんは急に笑い止んでそういった。

「家出?」僕はびっくりして訊き返した。

「家出っていったの、今?」

「家出?」叔母さんは唐突に大きな声を出した。

「家出っていったの、私今?」

「うん」叔父さんが硬直から脱して応えた。

「嘘」

「本当」

「そう」叔母さんは納得したらしく静かにそういうと食事に戻った。

しばらくみんながそばを啜る音だけが場を支配する。

嵐のような外の音は相変わらずだった。

「焼きそばを食べていると何故か不意にだけど落ち葉の山に飛び込んでみたくならない？」

「ねえ叔母さん」

「何？」

「なるかなあそんな」

「紗央里ちゃん家出したの？」

「ねえ本当になるのかそんな気分に」

「したのよ。なるからいったんじゃない、それは」

「いつ？」

「ついこの間かな。最近」

「大丈夫なの」

「大丈夫よ」

「大丈夫といえば窓とか大丈夫かなあこれ台風だろ」

「台風で窓が壊れるの？」

「壊れ……ないか」

「ないでしょ」

「大丈夫なの？」

「だってそんな物凄い台風ってわけでもないんだし」

「じゃなくて紗央里ちゃん」

「大丈夫だって」

「警察とかには届けたの」

「勿論」

「本当?」

「嘘よふふっ」

「誰かのりとってくれないか」

「じゃあ一人でどこか何日も路頭に」

「大丈夫よ雨風凌《しの》ぐぐらい」

「今台風がきているけど」

「大きな川もないし屋根のある所なら問題ないよ」

「ふうん」そういうものかどうか僕は正直よく判らない。

「そういうもんかな」

「そうだよ」

「そうだわよ」

叔母さんと叔父さんは口々にそういった。父さんは何もいわなかった。

僕は焼きそばを平らげた。

「そういえばおじいちゃんはご飯食べたの」この場にいないので気になった。

「うん先に」叔母さんがにっこり微笑みながらいう。

「ふうん」

「麦茶飲む？　お茶でいい？」

「うん」

青白い湯飲みの中の深海色の日本茶はとてもおいしかった。

4

夕食を食べたら僕は叔父さんと風呂に入れられた。

叔父さんはとても気さくな人だ。何かの仕事をしている。たまに遊びにきて見るくらいだが、朝のいつかに車に乗って、どこかへ出勤していく。夜のいつかに帰ってくる。

とても気さくなので、とても大きな声で笑い、喋《しゃべ》る時は基本的に楽しそうな、素敵な叔父さんだ。小さな丸い眼鏡もかけている。

風呂の中では眼鏡は外していた。

「こうして一緒に風呂に入るのも久し振りだねえ」

叔父さんは頭を洗いながらそういった。大きな声は反響して更に響いている。毎年見ているので懐かしくも、自分の家とは違う、一方的なぎこちなさを覚える洗面器やシャンプーのボトル。僕の家のものより一回り大きく、武骨なシャワー。

「お姉さんとお母さんは元気かなあ」

僕は既に湯船に浸《つ》かっていて、叔父さんのことを見ずに自分の膝《ひざ》を見ながら返事をした。

「うん元気だよ」

叔父さんは頭を強くごしごしと洗っている。

自分の家より温度の設定が高いお湯は、初めは息苦しかったが、やがて昂揚《こうよう》感と共に体の温まるのが判った。もうそれなりに長く浸かっていた。叔父さんより一足早く上がろうかとも思った。

「どうだ一番風呂は気持ちいいだろ」

「うん」気持ちよかったので僕は頷《うなず》いた。

「ばあさんがいた頃はずっと一番風呂だったからなあ。まあこうしてみるとさ、なんていうか」

おじいちゃんはいいのかという疑問はあったが気にしなかった。たぶんいいのだろう。おばあちゃんは、去年までのおばあちゃんは、この家で一番偉いというか、そういう抑圧的な意味ではないのだけれど、いつも家の中心にいる人物だった。

小さな窓の磨りガラス越しに突風の吹く音が聞こえてきた。台風は依然として強く、雨も止みそうにはなかった。

「紗央里ちゃん大丈夫かな」

「あっ」小さな声が上がった。僕は窓から目を離し叔父さんの方を見た。

「どうしたの」

「いや、石鹸が目に入って」

「ふうん」

「何かいった？」

「紗央里ちゃん」

叔父さんは頭を洗うのをやめて今度はタイル張りの床をごしごし擦り始めた。そういうことは風呂掃除の時やればいいのにと思ったけれど、叔父さんはこの家で風呂を掃除するのか判らなかったのでいわなかった。

「大丈夫だよ」叔父さんは何でもないことのようにさらりといった。叔母さんもさっき同じようにそういっていた。

「大丈夫じゃないんじゃない」

叔父さんはまだ床を擦っている。よく見るとかなり強く力をこめているみたいだ。ごしゃごしゃという音が風呂場に響く。

「警察とかに届けて捜してもらわなきゃ」

「もう届けたよ」

「嘘」

「本当だって」叔父さんは手と顔を上げて薄く笑った。いつもの、毎年少しだけ覚えている大きな笑いからは遠いものだった。

見ると叔父さんが手に持っている、先ほどまで強くタイルをごしごし擦り上げていたものは体を洗うスポンジだった。くしゃくしゃな上にタイル掃除なんてしたものだから黒ずんでしまっていた。それで体を洗う人のことを考えると背中が痒くなった。

叔父さんは蛇口からお湯を出すとスポンジを洗い出した。

一瞬赤いものがスポンジから染み出てすぐに透明に掻き消えた。

「僕もう上がるね」僕が立ち上がると湯船の揺れる音がして、水位が少しだけど下がった。

「もう上がっちゃうの」叔父さんは口を尖《とが》らせた。

「のぼせちゃう」

「そか」

僕は磨りガラスの扉を開けて風呂場から出た。ひやっとした空気がのぼせ上がっていた肌に貼りついた。けれどまたすぐに自分の体から発せられる熱にふわふわとした。脱衣所兼洗面所の、洗濯機の横のかごにバスタオルが畳んで置いてあった。僕は一番上を手に取り、頭を拭《ふ》いてから体を拭いた。

拭きながらおばあちゃんのことを思った。

おばあちゃんは数ヶ月前に死んだ。

## 5

おばあちゃんは数ヶ月前に死んだらしい。

正しくは、僕は「おばあちゃんが数ヶ月前に死んだらしい」ということを聞かされた。

あれは（それも）数ヶ月前のことだった。一ヶ月か二ヶ月前だ。叔母さんからうちに電話が掛かってきた。取ったのは父さんだった。夕食の時間で、僕は父さんのくだけた口調から、友人かあるいは叔母さん宅だろうと見当をつけながら箸《はし》を動かしていた。

久し振りの妹の声に弾んでいた父さんの声はすぐに驚きの声に変わった。突然のその大声に僕も、僕の姉も、母さんもびっくりして振り向いた。

父さんの話では、叔母さんは先日の真夏日の話や、「こちらは変わりないがそちらはどうか」といった挨拶をしてから、不意におばあちゃんの訃報《ふほう》を告げたのだという。何時間前だと父さんが急《せ》いて訊くと、一、二、三ヶ月前だと答えたらしい。曖昧だ。

「なんで今まで今頃」父さんは泣きそうで怒鳴りそうだった。

「忙しさと喪失感の余り連絡を失念していた」というようなことを叔母さんは語ったらしい。「誠に済まなかった」

「葬式は」

「済んでいる。ごく近しい間柄のみでひっそりとした葬儀だった」といった意味の応えだったらしい。

「うちはいいのか。何で死んだ」

「風邪をこじらせぽっくり」

父さんはだんだん茫然とし出した。

そろそろ切ってもよいかというようなことを叔母さんは訊いたらしい。

「ちょっと待ってくれよそんないきなり死んだとかいわれてもしかも何ヶ月も前なんて馬鹿な話が」

「馬鹿って何よ！」その声は電話口の近くに集まっていった僕たちにも聞こえた。「人の親が死んだのにばかとは！　そりゃ連絡しなかったのはこっちが悪いとは思うけど私何ヶ月かした今だってショックなんだからね！　少しは気遣いなさいよ！」

「そんな」父さんは何と返せばいいのやらで、感情が滅茶苦茶だった。

「とにかく母さんはもう死んだものと思って忘れなさい」

「死んだんだろ」

「死んだわよ」

電話は向こうから切れたようだった。父さんは混乱して何が何やらで僕たちに説明するどころではなさそうだったが、説明をして僕たちまで混乱させた。

しばらくして家の電話が再び鳴った。今度は母さんが出たが、どうやら叔母さん宅からファックスが来たらしかった。

大袈裟《おおげさ》な音を立ててゆっくりとファックス用紙が吐き出されてきた。僕は母さんの後ろからそれを覗《のぞ》き込んだ。

『母』
『母さん』という題名部分の文字が少し出てきたのが見えた。
『母さんの死』
『母さんの死に』
『母さんの死につい』
『母さんの死についての』
『母さんの死についてのF』
『母さんの死についてのFAQ』と、大きく一番上にかかれたワープロの文書だった。

6

そういうわけでおばあちゃんは数ヶ月前に風邪で亡くなり既にお墓の下の人であるとい

うことが僕たちに伝わった。世の中のたいていのＦＡＱがそうであるように叔母さんの送ってきたファックスは僕たちの本当に知りたいこととどこかうまくかみ合っていないような気がして歯がゆいものだった。もっとも僕はその他に自分は何を知りたかったのかよく判らない。遊びに行っている間のおばあちゃんは会わなかった時間を気にもさせないほど近かったが、遠く離れている時のおばあちゃんは濃密なほど親しかったその時間を感じさせないほど遠い存在だった。

ただ、電話のあったその夜僕はとても恐ろしくて眠れなかった。その日までの数ヶ月間、おばあちゃんが死んだことなんて何も知らなかった僕はたぶん、年相応に大いに遊び時に大きく笑い、不謹慎なくらいに馬鹿馬鹿しく生きていたように思う。そして僕が笑っていたその時にこそ（具体的ないつかは判らないが）おばあちゃんは苦しんだ末に息を止め、頭も体も硬く冷たくなって腐る寸前に機械で焼かれて、量が少なくなって土の下へと運ばれたのだ。今こうしている瞬間にも人が死んでいるようにあの時そうしていた瞬間に僕の親しいおばあちゃんがこの国のどこにもいなくなってしまって、僕は知らなかったとはいえ親しい人の葬式の最中にそれを気にも留めずに馬鹿みたいに笑っていたのだ。あるいは些細《ささい》な自分のことだけ気に掛けていたのだ。とても恐ろしいし最低なことだと僕は思った。誰かがそのうちそれに対する罰を与えにやってくるのではないかと思うと恐ろしかったし、たとえ誰から罰がなくても些細な幸せを噛《か》み締めることが酷《ひど》く後ろめたく思えた。しばらくの間は気分よく眠りに就くことさえ許しがたく感じて、何をするにも罪悪感のようなものがついて回った。

それも今では薄れたが、そうして思い出している内に僕はまた激しい自省のような気持ちに立ち戻っていた。バスタオルで体を拭く手も止まり、体が冷え込んでいくのも何かの苦行のようにさえ思えじっとしていた。

後で叔母《おば》さんか叔父《おじ》さんにおばあちゃんのことをちゃんと訊いてみよう。今まで思い浮かびもしなかったそんな当たり前のことを僕は思った。おばあちゃんの死は知らない内に終わってしまったものではあったが、僕にとってはまだ始まっていないことでもあるように思えた。

あるいはおばあちゃんは死んで墓の下にいるのではなくまだこの家に生きているのではないかとさえ思えた。何といったって僕はおばあちゃんの死体も死も見てはいないのだ。もっとも短い時間ではあったけれどどこかの部屋におばあちゃんに限らず誰かがいる気配はしなかった。普通に考えておばあちゃんは死んだと叔母さんがいうのだから死んだのだろうがこの家にいなくてもひょっとしたら違う家で生きていたりはしないかなあと思う。あるいはこの家の中でだって、例えばどういう理由かは判らないが物置の中とか押し入れの奥とか、天井裏とか床下収納とか、何故隠れなければいけないのかはともかく隠れることと自体は出来る。あるいは小柄なおばあちゃんのことだ、小さな戸棚の中とか、今ちょうど僕の目の前にある先ほどから何か不思議な腐臭が漂ってくる洗濯機の下の隙間とかにも身を潜めることが出来るかも知れないではないか。

そう思って僕はか細くだけれど何かが酷く臭う洗濯機の下、僅かな高さの暗くて狭いその隙間を覗いてみた。

おばあちゃんの指が見えた。

僕はもう少しで声を上げるところだった。

洗濯機の下から顔を上げる。ずわりと汗が吹き出てくるのが判った。体が急速に冷えていく。

おばあちゃんが洗濯機の下にいる。本当に隠れているとは。

いや冗談のような思考でさっきは考えたが、あんな狭い隙間に小柄な人間といえど入れたものではない。少なくとも生きた人間では無理だろう。

人間では無理ならば、じゃあ、例えばおばあちゃんの幽霊だろうか。

洗濯機の下の辺りからは今もきつい臭いが漂ってくる。幽霊に臭いはあるのだろうか。見えるのだから臭ってもいけなくはない筈だ。

もう一度覗いてみる。やはり指が見えた。

だが、その狭い空間には指しかなかった。幽霊すらいない。一本の指が埃塗れになって落ちているだけだった。付け根から取れている、指だった。

つまんで手にとってみた。指は軽く熱したチーズの中身と表面みたいに不安定だった。じっくり見ようと思って顔に近づけた時、指から出る強烈な臭いが至近距離で鼻をついた。僕は少しだけ嘔吐しそうになった。

その時、風呂場の叔父さんがどうかしたのかと声を掛けてきた。僕はその時に初めて自分がまだ服も着ていないことを思い出した。

叔父さんは今にも風呂から上がってくるかも知れない。何故かは判らないが、この指を叔父さんに見られてはならない気がした。

唐突に風呂場のドアが開いた。

僕は反射的に指を隠そうとして、顔の前に掲げていたそれを口の中に放り込んだ。

当たり前なのかも知れないけれど、意外なことに肉の味がした。

「どうかしたのまだ裸じゃない風邪ひくぞ」叔父さんは茹だった顔でそういった。

僕はひたすら頷き、急いで服を着ると叔父さんから逃げるようにその場から逃げた。

舌の上を指が舐める。指は口に入れてみると思った以上に大きく長く感じられた。自分の口はこんなにも小さかったのかと思った。

とるものもとりあえず僕はトイレに駆け込んだ。

ドアを閉めて鍵《かぎ》を掛けて、息をついた拍子に、口の中の指がのどに入った。

それが切り離された指という肉塊を飲みそうになった嫌悪感なのか、あるいは指を喉に入れて嘔吐するあのやり方のためなのかは判らないけれど、悪寒が走り腹の中身がせり上がった。反射的に便器にしゃがみこんで僕は胃の中身だったものを口からこぼした。先ほど食べた焼きそばがどんどん出てきた。ぬるぬるとした唾で口から便器まで糸が引いた。

苦痛が治まった頃になってようやく、僕は指も一緒に便器の中へ戻してしまったことに気付いた。優しい色ときつい臭いをしたその中に指は見当たらなかった。恐らく沈んでいるのだろう。

僕はこれをどうしようか悩んだ。

どう考えても指なんて普通の家に転がっているものじゃない。何か尋常でないことがあったのだと考えていいだろうと思う。何より叔母さんは、いや叔父さんもおじいちゃんも、みんな様子がおかしかった。三人とも指は揃っていたように思う。やはり何かがあったのだろう。何か人の指が取れるような、大変なことがあったのならば、この指はやっぱり大切なものなのではないか。

これは大事なものだ。そう決心して僕《ぼく》は、しばらくためらってから自分の吐瀉物《としゃぶつ》が浮《う》いて漂《ただよ》っている便器《べんき》の中《なか》へ右手《みぎて》を入れた。背中《せなか》があわ立《だ》った。吐瀉物《としゃぶつ》をかき混《ま》ぜて探《さが》し物《もの》をする。便器《べんき》の中《なか》の水溜《みずた》まりは冷《つめ》たかったが、胃液《いえき》とぬめる焼《や》きそばは温《あたた》かかった。

指《ゆび》はややあって見《み》つかった。くっついてきた焼《や》きそばの麺《めん》を振《ふ》り落《お》とすと、僕《ぼく》はトイレの水《みず》を流《なが》し、蛇口《じやぐち》で指《ゆび》を洗《あら》った。自分《じぶん》の指《ゆび》も洗《あら》った。洗《あら》い終《お》わったその指《ゆび》を明《あ》かりの下《した》で、改《あらた》めて眺《なが》めた。人《ひと》の色《いろ》はしていなかった。爪《つめ》は艶《つや》もなくゆるんでいて、指先《ゆびさき》から今《いま》にも抜《ぬ》け落《お》ちそうだ。皺《しわ》がたくさん寄《よ》っているが、それが年齢《ねんれい》の所為《せい》かは判《わか》らなかった。

指《ゆび》の付《つ》け根《ね》の切《き》り口《くち》を見《み》てみた。白《しろ》いものが見《み》えた。骨《ほね》だろう。あとはくすんだ暗《くら》い色《いろ》をした肉《にく》が見《み》える。少《すこ》し斜《なな》めに切《き》り落《お》としたのか、指《ゆび》や骨《ほね》の切断面《せつだんめん》が楕円気味《だえんぎみ》に見《み》える。第二関節《だいにかんせつ》より根元側《ねもとがわ》の節《ふし》には短《みじか》い薄《うす》い毛《け》が生《は》えていた。引《ひ》っ張《ぱ》ると抵抗《ていこう》なく抜《ぬ》けていったのでやめた。

僕《ぼく》はそうやってかなりの間《あいだ》指《ゆび》を眺《なが》め回《まわ》していた。洗《あら》い立《た》ての時《とき》はそうでもなかったが、乾いてくると指はまた臭い出した。

この指をどうしたらいいのか僕は全く判らなかったが、どうするにしてもとりあえずトイレから一旦《いったん》出ようと思った。指は迷ったが一応持っていくことにした。そのまま持っていくのもあれなので、トイレットペーパーでぐるぐる巻きにしてミイラ状態の指をポケットに入れた。

　一応もう一度、水を流してからトイレを出た。誰も周りにはいなかったが、居間の明かりが点《つ》いているので父さんや叔父さんたちはそこにいるのだろうと思った。

　トイレを出てから急にトイレに行きたくなったが、不審に思われるのが嫌で我慢した。まっすぐ居間には寄らないで、荷物のある和室に入った。外は相変わらず土砂降りだった。家を土地を畑を田んぼを建物をアスファルトを叩《たた》きつける雨音が絶え間なく聞こえていた。

　指をどこに置いておこうか僕は迷った。そこらへんに置いておくわけにはいかない。臭いがついてしまいそうで少し気が引けるけれど、自分の荷物の中にしまおうか。父さんに打ち明けるのは後ででも遅くはないような気がした。

　居間の方から僕を呼ぶ声が聞こえてきた。父さんの声だ。迷った末結局もう一度ポケットに指をしまった。指を持ったまま叔母さんたちの前にいくのもなんだか怖かったが、下手な場所に置いておくのも気が進まなかった。

　僕は和室を出た時にあることに気がついた。玄関の扉が開いた時に感じた、薄い臭い。あれは、というかこの家全体の空気が、埃塗れの腐った指と同じ臭いだった。

　僕は居間のドアを開けると叔父さんがおお、といった。風呂上がりにお酒を飲んでいるらしい。

「どこにいたんだ先に風呂上がったのに」

「トイレにずっといた」僕は答えた。

「具合悪いのか」父さんが訊《き》いた。もう大丈夫と僕は答えた。父さんは電話の受話器を持っていた。

「姉ちゃんだから。はい」

どうやら自宅に無事到着の連絡を入れていたらしい。僕は受話器を受け取った。

「もしもし姉ちゃん」

「もしもしあああんたねよかった」姉の声だ。

「無事ちゃんと着いたよ」

「知ってるよそんなこと」一応義理でいっただけなのに。「ねえあんたそっちなんもなくて暇でしょ」

「別に何もないよ」

「でも暇でしょ怖い話してあげるよ」姉は話好きで、怖い話が好きだった。

「唐突だよ」

「いいじゃん暇なんだよあのね、ある所にね、男女がいたんだって」

「へえ」それはいるだろうと思った。

「男は女を疎《うと》んでいてね。ある日男の家から遠く離れた山奥で、女を絞め殺して、滅多に人の来ない凍った汚い溜め池の底に沈めたんだって女を」

「うん」姉は勉強をしなくていいのだろうか。

「疲れて車に戻った男は鍵が見つからなくて焦ってね。どうやら女と一緒に池に入れてしまったらしいことに気づいたの。どうにか山は下りたんだけどそれ以上は歩けなくって、通り掛かった車に乗せてもらうことにしたの。すぐにおじさん一人の車が止まってくれて、男は後部座席の真ん中に座ってようやくひと心地つけたの。勿論《もちろん》すごくお礼をいったんだけど、その車の持ち主がどうも変な男でね、一人でぶつぶつと喋《しゃべ》り続けてるの。

ぶつぶつったって声は普通の大きさで、何ていったかは男にも判るんだけど、話は飛ぶし文脈は掴《つか》めないし、男の返事にも答えたり答えなかったり、上の空かと思えば急に話を振って来たり、しまいには愚痴っぽい自分語りなんて始めちゃって、とうとう男も耐え切れなくて、身を乗り出して、一体誰と話してるんですかっていったら、誰ってあんたの隣の子だよって。男がひやっとして自分の服ギュッと掴むと、ポケットの中から濡《ぬ》れた車のキーが出てきたの。それにしてもあなたたちそんなくっついてて狭くないの、っておじさんが訊くと、誰もいない筈の男の右側から女の声が確かに聞こえたの。私は平気です、今すごく寒いからって」

「ふうん」

「あんま怖くなかった?」

「うんまあ」

「そっか」姉は残念そうに呟《つぶや》いた。

僕はふと思いついた。「それよりねえ聞いて欲しいことが」

「何」

「ちょっと待ってて」

僕は電話の親機の保留ボタンを押してから受話器を置いた。

「あれもう切っちゃったの」父さんが訊いてきた。

「うん」僕は答えた。

「麦茶飲む?」叔母《おば》さんがそういって冷蔵庫から麦茶のボトルを取り出した。

「あいいや」

「そう」といって叔母さんは冷蔵庫に麦茶をしまった。

僕が居間を出ようとすると父さんがどこにいくのか訊いてきた。またトイレにいきたくなったと答えた。僕はそのまま階段の方へ向かい、音を立てないように二階へと上がった。

二階もやはり臭いが漂っていた。僕は階段を上って左手にある叔母さんたちの寝室のドアを開けた。カーテンは閉められているが雷が鳴って外が明るくなるのが見えた。再び戻った暗闇の中で電話の子機を探した。叔母さんたちは酒盛りの最中だ。すぐには二階へ上がってこないだろう。ここなら話を聞かれないで済む。果たしてそれを見つけると、充電器から持ち上げ保留ボタンを押した。

「もしもし」

「随分待たせる」姉は不機嫌そうだった。

「落ち着いて聞いて欲しいんだけど」

「無理。人を怒らせといて偉そうに」

「おばあちゃんの指を見つけたんだ」

「それは怖い」姉の声は怖がった。

僕はおばあちゃんの指を拾った経緯を手短に話した。もともと長くなるような話ではないけれども。話す内に、受話器の向こうは静かになった。姉も冗談ではないと思ったらしい。あるいは気合の入った本格的な冗談だと思ったのかも知れない。

「どう思う」僕は姉に尋ねた。

「どうって」抑揚のない声で姉は返した。

「なんでおばあちゃんの指が落ちていたのか。みたいなさ」

「知るかよ」

「考えてよ」

「詰めたんじゃない？」

「何で」

「知るかよ」

「何だよそれ」

「おばあちゃんはちゃんと死んでるの？」姉は面倒くさそうに訊く。やはりというか、わざわざ確認するということは姉もおばあちゃんが死んだことについて今一つ実感がないのだろうか。

「たぶんいないしどこにも」

「それおばあちゃんの指なの本当に」

「他のみんなは指あったよ全部」

「じゃあおばあちゃんのが死んで取れたんじゃない」

「風邪でぽっくりなのに？」わざとらしく僕は訊く。

「じゃあ風邪は嘘で、指が取れるような何かがあったんじゃないの」

「うん」

「指、指が叔父さんちの洗濯機の下から見つかって、叔父さんも叔母さんも、紗央里ちゃんもおじいちゃんも態度がおかしいと、だったらもうそれってさつまりみんなでおばあちゃんを」

「違うよ」僕は遮った。

「じゃあなんだよ」

「そうじゃなくて紗央里ちゃん違う」

「何が」

「いないんだ紗央里ちゃんも」も、というべきではないか。

「どこに行ったの」

「判んない。でもいなくなってた」

「よく判んないよ」

「僕たちが着いてからどこにも紗央里ちゃんを見かけなくて、叔母さんとかに訊いても教えてくれないんだ」

「どこにいるかを？」

「何も」

姉はしばらく黙っていた。僕も黙って姉に伺いを立てている。雨音が暗闇に聞こえているけど、それでもまるで沈黙のようだった。

突然姉が、沈黙に耐え切れなかったようにぷっ、と吹き出した。何かおかしかっただろうかと僕は思った。

「おばあちゃんが風邪で死んでいるんだけどどうも色々怪しくて、あげく指なんかが落ちてたんでしょ？　紗央里ちゃんがいなくなってるんでしょ？　家中臭くて叔母さんは血塗れで叔父さんもおじいちゃんもなんだかおかしいんでしょ？　おかしいじゃない。気持ち悪っ。ははは」

姉は気持ち悪がって気持ち悪く笑った。

「笑いごとじゃあ」

「思ったんだけどさあ」唐突に笑い止めて姉はいった。

「何？」

「おばあちゃんは本当に風邪だったんじゃない？」

「でもじゃあ」

うん、と姉の声が遮った。「指でしょ？　指なんだけど」一度そこで切って、「紗央里ちゃんがいないんでしょ」と続けた。

「うん」

「だったら紗指は、紗央里ちゃんじゃない？」

僕は姉の言葉の意味を考える。「なんで？」

「うまくいえないけどさ、何かおかしなことがあったとするならさ、その方がすっきりするじゃん。『おかしな変死』プラス『おかしな行方不明』よりは、『ただの病死』と『おかしな変死か行方不明』の方が、すっきりしていなくもないような気がする」

そういって、姉は黙った。

「そうかなあ」

そういわれてみると、そうかもなあと思えてきた。確かに、別におばあちゃんの指であるとする必然性はなかった。紗央里ちゃんの指である可能性はある。何故今まで思いつかなかったのだろう。ただ、この皺《しわ》くちゃな腐った指が紗央里ちゃんのものであるというのが何だか信じがたかった。こんなになってしまうものなのだろうか。

「何その気のない返事」姉は憤慨した。「人が死んでいるかも知れないってのに」

「ごめん」僕は謝った。

さて、僕は誰かの指について姉に相談を持ちかけているのだが、もう一つ姉に訊《き》きたいことがあった。

「どうすればいい？　これから」

「訊くなよ」姉は面倒そうにいう。

「ごめん」僕は謝った。確かに姉に指示を仰ぐようなことではない気がしたけれど、でも他に訊く相手がいないのだから仕方がない。「でもそこを一つ」

「知るかよ110番でもすれば」

「なるほど」

僕は礼をいって電話を切った。さすが年長者は頼れる。

そして返す刀で110番を押した。

「110番です」

「もしもし」

「もしもしどうされました。殺人自販機が？　出たんですか？」

「いえ」殺人自販機って何だろうと僕は思った。「親戚《しんせき》の家で指を拾ったんですけど」

「どなたの指ですか」

何と答えるべきか迷ったけど、確かじゃないことはいわない方がいいと思ったので、判らないと答えた。

「そのおうちの方に指に心当たりは？」

「怖くて訊けません」

「何故」何やら電話の向こう側は忙しいようで、応対の人はつっけんどんだった。

「あいや、何というか雰囲気が」

「おうちの方が何か？」

「ええと血塗れでした」

「いたずらは控えてねこれからは」声の背後で怒声が飛んでいる。銃声のようなものも聞こえる。

「いたずらじゃあ」

「今こっちはあいつらの群れが大挙して押し寄せてきててねズバババババババッ総出で応戦しバンて大変なバンバン忙しいから切るけバババババババ改めて事情をババババせてもらうかバンねババババババババ気をつけてね自販機にはあッ、西條さあああん！　西條さあん！　西條さん」

そういって110番は切れてしまった。

僕はかなり困りはてた。

ところで、叔母《おば》さんはこの家にずっといたのだろうか。

僕たちが来てからはいた。風呂《ふろ》に入っていた時は判らないけれど、一つ屋根の下のことだし、気付かれないのは難しい。雨は結構前から降っていたけど傘立てに傘はなかったし車庫の叔父さんの車は濡《ぬ》れていなかった。
　ならば、死体とか、紗央里ちゃんのでもおばあちゃんのでも、まだ家の中にあるのでは
ないか。
　雨は依然止む気配を見せない。
子機をそっと戻して、僕は見つからないよう階段を静かにゆっくり下りた。居間に入る
と大人たちは出来上がっていた。
「長いトイレだったなあ」父さんがいった。うんとだけ答える。
「麦茶飲む?」叔母さんがまた訊いてきた。トイレにいったばかりなのに。
　でも長く話したので、のどは渇いていた。僕がうんと答えると叔母さんは冷蔵庫から麦
茶を取り出して、コップに注いで渡してくれた。綺麗な青い模様の入った硝子のコップだ
った。
　とりあえず探すだけ、探してみようかな。僕は叔父さんと一緒に笑っている叔母さんを
見ながら、そう思った。

# 7

例えばそれはどこだろう。

机の下、クローゼットの中、ベッドの下、押し入れの中、使っていない部屋、高い家具の上、扉の陰、他にも色々。人が隠れられそうな所は少ないんだか多いんだか判らない。

真夜中、僕は眠っている布団をそっと抜け出して、足音を忍ばせて二階へと階段を上がった。探してみるためだ。いやなことは先延ばしにする性格の僕が朝を待たなかったのは、どちらかというと叔母さんたちが寝ている間にこっそり探した方が、明るいうちに家中嗅《か》ぎ回るよりは目に付かないのではないかと思ったからだ。そうでもないかも知れないけれど。

まずは、と階段上がって左手、叔父《おじ》さんと叔母さんの寝室へと入ってみる。暗がりの中判りにくいけれど、二人とも各々のベッドで眠りに就いているらしい。寝息までは外の激しい雨音で聞き取れなかった。カーテン越しの薄明かりの中、物音を立てぬよう気をつけながら二人に近付いてみる。

　叔父さんと叔母さんは目を開けていた。

　二人とも目を開けて眠る人なのだ。

　判別しにくく、本当に起きてやしないだろうかと、僕は枕元、電気スタンド横に置いてあった、寝際に何かメモに使ったらしいボールペンを手に取る。逆手に握って、芯の出ているそれを二人の見開かれた四つの眼球の上でぶんぶん振り回してみる。

　反応はなかった。寝ているようだ。一応耳元で「死ね死ね死ね死ね死ね」と囁いてみるがこれにも反応はなかった。至近距離だと微《かす》かに寝息も聞こえた。しっかりと眠りに就いているようだ。酒も飲んでいたし、少しの物音くらいでは起きてこないだろうと僕は思った。

　だからといってさすがにこの部屋をあさるのは無理だろうと思い、静かに寝室から出ると、僕は音を立てぬよう気をつけながら廊下の反対側の部屋、叔父さんの仕事部屋へ入り、部屋の明かりを静かに点けた。何年も泊まり、遊び、馴染みの深い家だけどこの仕事部屋は入ったことはなかった。そういう意味で、今更ながら他人の家の緊張感がすんすんと背筋を撫《な》でる。

　この部屋も臭う。

物は少なかった。机の上にデスクトップのパソコンが置いてある。隣にプリンター。隣にテレビ、コンポ。あとは扉のついた本棚とクローゼット。窓は南と西にありカーテンが閉まっている。床はフローリングで、掃除はされているようだった。

ふと思いついて、ごみ箱を覗《のぞ》き込んでみた。

そこにはかなりの量の髪の毛が捨てられていた。

髪の毛は床屋の散髪したそれを思わせた。大した量ではないけれど、日常で気付かぬうちに抜け落ちる程度でもない。白髪が多く灰色がかっている。叔父さんも叔母さんも染めているからか白髪は見えない。おばあちゃんのかなと僕は思った。

隠せる場所は多くはないけれど、これだけとも思えない。

僕は改めて部屋を見回してみた。物の少ない部屋だ。机に目がいったので、椅子を引き奥を覗いてみた。パソコンのコード類がひしめいているだけでめぼしいものは、ない。

本棚の扉を開ける。

誰かいたりはしなかった。ちゃんと本が詰まっている。少し離れて背伸びして本棚の上を覗いてみるが、何もない。

僕は段々不安になってきた。叔父さんの書斎が一番怪しいと思っていたからだ。といっても理由は特にない。今まで入ったことがなかったから、悪のアジト的な思い込みをしていたのかも知れない。物が少ない部屋だ。あとはクローゼットくらいしか人を隠せそうな場所はない。

僕は勿論《もちろん》クローゼットの扉を引く。

「あれ」僕は何だか泣きたくなってきた。クローゼットの中はビデオテープがたくさんあるだけだった。どれも背中のラベルには聞いたこともないような映画か何かのタイトルがマジックで書かれている。もう人を隠せそうな死角がない。

僕は書斎を出て隣の、つまり、紗央里ちゃんの部屋の扉を見た。叔父さんの書斎にないのならここだろうか。なるほど家族を殺したなら本人の部屋に隠せばいいと思う。使う人がいないのだから。僕はドアを開けた。途端、激しい異臭が部屋から噴き出した。僕は思わず咳《せ》き込んで、慌てて口を塞《ふさ》いだ。

他の部屋の滲《にじ》み出すような臭いとは比べ物にならない。吐き気を催すほどの、鼻がもげそうな臭いだ。間違いない。ここにおばあちゃんか、紗央里ちゃんがいる。絶対いる。いる筈《はず》なのに見つからない。

ベッドの下にもいない。本棚を見たけれどいない。棚の上も、机の陰にも、誰も隠れていない。箪笥《たんす》を開けたけど変死体なんかいなくて、ちゃんと服が入っている。

「何で」自分が何だかいらいらしてきているのが判る。

この部屋にも誰も隠れていない。人を隠せる場所なんてあんまりない。机の引き出しには人は隠せない。本と本の間には人は入れない。スペースがいるのだ。少なくはないけれど、場所は限られてくる。なのにどこにも見つからない。

見つかる危険を承知でもう一度叔母《おば》さんたちの寝室に潜り込んだ。出来るだけ音を立てないようにしながらもついあさる手が乱暴になる。やっぱりない。ベッドの下にも家具の中や陰にも。薄闇の中二人の開いている目が笑っているような気がした。僕たちが到着してすぐ、叔母さんの走り回る音や、何かを動かしたりひっくり返したりしているような物音がしていたので、二階が怪しいに違いないと思っていたのに。

何故、誰も見つからないのだろう。

殺されていないのだろうか。そういうような物騒なことは、なかったのだろうか。

じゃあ何故、叔母さんも叔父さんもおじいちゃんも、あんなに変なのだろう。

なんでみんなこんなにいつもと違うのだろう。

8

電話を掛けたら母さんが出たので、姉に替わってくれるよういった。

受話器の向こうの音が遠くなり、しばらくするとまた母さんが出て、戸惑いがちに、今姉は、両方の目玉に箸？ が刺さっていて、二本？ で、丸々一本、二本だけど、奥までずっぷり入っちゃって取れないらしいから、と断ってから電話を替わった。

「いっっっっあぎゃああああああああああああああああああああああああああ！ あげぇぇぇぇぇぇぇぇぇ！ あげぇぇぇぇぇぇぇぇ！ えっおっおっひげえええええああああぎゅっ！ あっ！ あっ！ あっ！ あっ！ あっ！ あっ！ あっ！ あっ！ あっ！ あっ！ あっあっあっあっあっっあっあっあっあっあっあっあっげひでええ！ えっぎゅん！ おほっ！ おほっ！ おっほっおほっはっへあっあっっっぎぇえええええええええええええええええええええええええええええああああああああああああああああああああああああああああ！ ひぃげえええええええ」

「ねえ」

「何？」

「演技でしょ」

「よく気付いたね」

「まあ」悲鳴が胡散臭いのだと思った。

「どう怖かった少し」

「うるさかった」

「何だそれつまんね」

本気にするリアクションを求めていたらしかった。

「ねえ」

「何」

「死体とかなかったよ」

「知るか何死体って」

「昨日いったじゃん、何か。指って。だから探したの」

「いってねえよ」

「いったよ」

「死体なかったんならいいじゃん。安心じゃん」

「そうなのか？」

「死体が出るような物騒なことはなかったってことでしょ？　死体がないんだから」

「そうかなまあ」

「よかったじゃん」

「うん」確かにあるよりはない方がよい気もする。

「じゃあ」

「ちょっと待ってよ」

「何」

「じゃあさなんだったのかな指は一体。叔母さんたちは一体」

「何って」

「指が取れるような物騒なことはあったじゃあないかって」

「ところでさ指落ちてたって本当なの？」

「うん」何を今更と僕は思った。

「信じらんないなあなんか胡散臭《くせ》えよお前パチこいてないの」

「本当だよ。ちょっと待って今」

そういって僕はポケットからミイラのような指を取り出した。結局肌身離さず持ち歩くことにしたのだ。そしてトイレットペーパーを丁寧に脱がすと、指の断面を送話口に押し付けて、ごりごりと擦《こす》った。ぶつぶつした音としょっぱい臭いが感じられた。

あまり効果のほどは期待出来ないけれど、姉に信じてもらうために出来ることはこれくらいしかなかった。僕は魚臭い受話器に顔を近づけた。「もしもし」

「何今の」

「指を擦って音を立ててみた」

「何故」

「他に信じてもらう方法がなかった」

「今のを信じてもらえる方法に入れるのは間違いだろ」

「そうかなそっか信じられなかった？」

「判らんけどなんかぐちぐちぶちぶちした音が聞こえた」

「残念だな」

「そう落ち込むなよ」

「うん」頷《うなず》いた。

「まあいいや。話を整理すると」姉はそういうと言葉を一度切った。「おばあちゃんがいない、死んだ。これは病死ということになっている。紗央里ちゃんもいない行方不明。で誰かの指が一本あった。それがおばあちゃんか紗央里ちゃんのものかも知れないと。おばあちゃんや紗央里ちゃんの死体は家にはなかった見つかんなかった。外に運ぶ機会はなさそうだったの」

「うん」

「そう。他に何かあるこれでいい？」

「うんたぶんいいよ」たぶん。

「じゃあ、これはどういうことかでしょ。

まず、そうだな普通に、おばあちゃんは本当にぽっくり逝っただけ、紗央里ちゃんはふらっとどこかぶらついてるとか家出とか友達の家とか。指はあんたの作り話。だから死体もない。とか」

「うんでも指本当だからそれはないよ」

「私から見て、ね。ありうるから。まあどうせなら、紗央里ちゃんはいなくなってなんかない、指もあったりなかったりしない叔母さんたちも普通だ、ってのが一番いいですけどね」

「ふうん」

「案二はじゃあ、おばあちゃんは実はぽっくりなんかじゃなく物騒なことになってる。紗央里ちゃんもたぶんそれに関係して物騒な目にあっている。この場合何というか、下手人は、叔母《おば》さんたちと見ていいんだろうね。血だらけらしいし。指は二人のどちらかの指で、危ない目にあって取れてしまったものだ」

「死体がないのは」

「死んでなくてどこかへ逃げたからか、あるいは普通にどっかに運んだんじゃね」

「運べなかったんじゃないの」

「あんたらが車で来る前に運び終えて帰ってきてたのかもよ。まあ、血だらけの恰好《かっこう》で死体運んだりしたとは考えにくいけどさあ。普通しないよね」

「普通殺さないよ」

「まあ」

「こっち雨凄《すご》いんだけど叔母さんもおじいちゃんも濡れてたりはしなかったよ髪とか」叔《お》父《じ》さんに限っては会うまでに時間があったので何ともいえないけれど。

「血塗《ちまみ》れだったこともあるし服も着替えてないだろね。外に棄てるってのはなしかなあ」

「じゃあ逃げた、が有力かなこの場合」

「うーん、あとは何だろう。おばあちゃんは普通ぽっくりでも紗央里ちゃんは何か大変なことになってる。指は紗央里ちゃんのものだ。大変な目にあった時取れた」

「昨日いってた『おかしな二人』よりは、『普通死一人と変死一人』だね」

「そうだね。ただ、怪しいけれど、今さっきののような理由から、紗央里ちゃんは死んだのではなくたぶんどこかへ逃げた。だから死体はない」

「うん」

「あとはーなー。ばあちゃんぽっくり紗央里は家出、指は第三者とかどっちも変死だけど指は第三者とか紗央里は指取れて死んでるけどばあちゃんは実は生きているとかあったりね。組み合わせでいいなら色々考えられるよね。どれかなんて絞れないいんじゃない」

「ややこしいね」

「そうでもないよもう遅いし寝なあたしも寝るから」

「もうすぐ昼だよ」

ちなみに昨夜は明け方近くまで家中を探し回り、途方に暮れて遅い眠りに就き、夜が明け朝餉《あさげ》をご馳走《ちそう》になってから今に至っている。

ちなみに朝食は昨夜と同じ焼きそばだった。二食連続でもそれは変わらずおいしかったし、人様の家で出された物に文句をつけるのも失礼なので、僕は何もいわずご馳走になった。

「とにかく私は寝るの」

「ずっと起きてたの」

「受験だしね」

「大丈夫」

「きついかも。少しね」

「おやすみ」

「おやすみ」

　さて勉強疲れの姉に頼るのも気が引けたので電話を切ってしまったが、これからどうしたものかと僕は思った。子機を充電器に戻すと溜《た》め息をついた。

　昨夜と同じ叔父さんたちの寝室だ。叔父さんはどこにいるのかというと、どうやら寝室でなく仕事部屋の方にいるらしかった。そっと聞き耳を立てていると慟哭しているのが聞こえてきた。あの様子なら自分の超泣き声で周りの音なんて聞こえないだろうと思って、堂々と僕は電話を掛けていたのだ。

　とはいえ、探した結果家の中には死体がなかったのだから、紗央里ちゃんが死んでいたにせよ、生きているにせよ、家から出られない僕に出来ることはなさそうだった。成り行きに任せてのんびりしてもいいかも知れない、と僕は思った。

とりあえずやれることはやったのだからいいかも知れない。僕は二階から撤退《てったい》することにした。一応自分の痕跡《こんせき》が残っていないかと辺りを見回し、確かめてみた。残っていても構わないのだけれど。

小さいクローゼットの戸が開いているのが目に入る。あの戸は僕が死体を求めて開けたものだろうか。少なくとも今開けた覚えはない。なら違うか。

そう思った時、昨日の夜開けて閉め忘れたものかも知れないと思い当たった。だとするともう既に叔母さんらに僕が嗅《か》ぎ回ったと知られているかも知れない。ならばわざわざ閉めなくてもいいように思える。どちらでもいいことといえ、気付かれていない場合は一応閉めて悪くはないように思える。

僕は少し困った。この部屋をあさったのは割と明け方に近付いてからだった。でも思い出せない。果たして開けただろうか、開いていたのだろうか、閉め忘れたのだろうか。クローゼットの中は数段の棚になっていて、アルバムや、カメラや、フィルムケースや、レコードなどが積んであった。人の押し込める隙間もないのですぐ目を離した覚えはある。僕はアルバムを手に取った。開いて見ると当たり前だが叔母さんたち家族が写っている。比較的最近のものだった。ぱりぱりとした頁のくっつきも軽い。

紗央里ちゃんと、おばあちゃんの写っている一枚があった。確かどこかの大きなお寺の近くのみやげ屋で、アイスを食べているところだ。写真なので小さな目と口は真黒く潰れていて、口からでろりとアイスが溢れている。夏休みの写真だったので、泊まりにきていた僕と姉も写っていた。

頁を捲《めく》ってそれらを眺めながらぼんやりと、結局おばあちゃんは数ヶ月前の時点では死んでいなかったかも知れないのだと思った。

もしそうなのならば、僕があの時恐怖を感じて悼んだ気持ちは、杞憂《きゆう》だったことになるなと思った。もっとも、ここ最近おばあちゃんや紗央里ちゃんが死んでいたとなると、僕は結局その瞬間も他愛《たわい》もなく笑っていたので、やはり僕は僕の近しい人の死の際にそれと知らず不謹慎な存在だったのだ。僕は今後もそうやって、誰か死んでも気付かず笑い続けて、後でその死を知りああしてたこうすればと後悔し続けるのだろうか。

それとも、その死を知れないという立ち会えないという、死を悲しめないというその距離こそが僕とおばあちゃんとの関係の程度だったのだろうか。その程度のものでしかなかったのだろうか僕と祖母との間にあったものは。あるいは、それほどに強いものだったのだろうか僕と祖母を分かつ距離とは。

僕はアルバムを閉じると、棚に収まっている他の数冊のそれの間へと戻した。

無理に押し込もうとして、アルバムの足元に立ててあったフィルムケースを転がしてしまった。床にケースが落ちて、予想以上の大きな硬い音がした。僕は慌ててそれを拾うとドアの方を窺《うかが》った。

恐る恐るドアを開けて叔父さんのいる仕事部屋の方へ顔を出すと、まだ細く嗚咽が聞こえていた。気付かれてはいないようだ。ほっとしてフィルムケースを元の場所に戻そうとした時、つんとした、臭いがした。家中がこぼす薄い臭いに半ば麻痺した鼻でも、急に濃くなったその臭いには気付いた。

右手の中のフィルムケースを見つめる。白色半透明の普通のケースだが、曇った白の向こうに細くて小さい、黒い影が見える。

まさかなあと僕は思った。

開けようと爪を蓋に掛けたが、固くてうまく開かない。爪も短いので指が痛い。何度も何度も繰り返して、ようやく蓋が外れた。中に溜まっていた血が少し零《こぼ》れて、靴下についた。

何だろう。紫色のような灰色のようなものだった。表面はつぶつぶしている。ケースから引っ張り出してみて、ようやくそれが人の舌だと気付いた。二つ折りになっていたのだ。

僕はなんだか嬉しくなってしまって、自然に笑いが漏れてしまった。同時に少し不安になった。

ああやっぱり、叔父さんたちは何か隠している。

この家は、いつもと違う。

そのことを確認して、僕は悲しくもあったけれど、安心もした。意味もなく叔母さんたちが違ってしまったわけじゃなかったのだと思ってほっとした。

根元の切断面をつまんでぶらぶらと振ってみた。舌はべえとやっているようだった。どうしようか迷ったけれど、もう一度二つ折りにして、フィルムケースに押し込んで、自分のポケットにしまいこむ。

そのフィルムケースだけ失敬して、クローゼットの扉を閉めてから僕は、さっきこの扉を閉めるべきか否かで悩んでいたことを思い出した。一度閉めてみて気付いたのだけれど、結論としては開けっ放しでよかったようだった。

恐らく叔母さんたちだろう、この扉を万一見られるとまずいと思ってか、開けっ放しにして目に付かないようにしていたのだろう。僕はたぶんやはり、このクローゼットの開いた所しか見てはいなかったのだろう。これを見た覚えがない以上。

クローゼットの扉の外側の面には、返り血のような黒いものが盛大に撥ねた痕があった。

# 9

恐らくここで殺人（？）が行われたのだろう。木製の茶色い扉は打ち上げ花火のように咲いた血飛沫でモダンな色に染められていた。触ってみたが血は乾いていた。強く擦ると指に乾燥した黒がつく。血が垂れた痕が僕に雨ざらしの看板を思い起こさせた。

たまに連れ出された美術館で油絵を見る心持ちでその飛沫を一頻り眺めた後、再び扉を開け直してから、僕はしつこく姉に電話してみることにした。繋《つな》がった電話には母さんが出た。姉はやはり寝ているというので無理をいって起こしてもらった。

「ああおれは今お前を殺すことしか考えられないよ。早く帰っておいで殴り殺してやるから」

睡眠を邪魔された姉は予想通り機嫌が悪いようだった。

「何となく判ったよおばあちゃんと紗央里ちゃんのことが」

「これから死ぬのに人のことなど」

「死体は探したけどなかったんだけど、今度は舌を見つけたんだ」

「したお?」

「舌。べろタン」

「何枚?」

「一枚」

「たらこか何かじゃないの」僕と似たその連想がおかしかった。

「裏見たら血管走ってた」

「たらこだって血管くらい生き物だから」

「あれ卵だろ」

「なして舌があって何が判ってきたの」

「うん何ていうか簡単な話なんだけど」

「さっさと話さないとより苦しませて殺すよ。ああ死にたい。でなきゃ殺したい」

「昨日はずっと死体が隠せる場所を探してたんだけどさ、人を一人隠せる場所なんて探すから見つからなかったんだよ。探すべきだったのは指とか舌とかそのくらいの大きさの物を隠せる場所だったんだ。死体が見つかるわけはなかったんだよ。ばらされてしまってもう死体としては存在していないんだから」

「へえ」と姉は適当に相づちを打った。それからしばらく黙った。生返事してから何をいわれたか考えるくせが姉にはある。

「まあ、机の引き出しに人一人は入らないけど、腕や手くらいなら入るねそういうこと」

「人が人の住む家でうまく隠れることは難しいけど、ねずみや虫なら大掃除でもされなければ隠れること出来るじゃない。小さければ見つからないんだよ」

「外に棄てられず隠すことも出来ないからって家族の死体ばらして隠しやすくしたっての？ けったいなそんなクリエイティブな発想の持ち主だったたっけ叔父さんって」

「ティブでは別に」何となくいいっぺは叔母さんなのじゃあないかと思ったけれど根拠はなかった。

「でそれが判って何とするの」

姉が送話口を叩《たた》く音がした。電話していると手持ち無沙汰で何か触れたりいじったりながちではある。

「とりあえずおばあちゃんを探すよ」僕も話しながら唇をいじった。唇の皮が剝けている。

「破片を？　指とか舌とかの」

「うん」

「いやまあいいけどさ何で探すの」姉がいう。

「何でって何で」歯切れ悪いなと僕は思った。「見つけておいた方がよくない？」

「別にいいじゃんしなくてもさそんなこと。その指だけ持って帰れば？　そしたら一緒に交番行こう。事情を話して、何とかしてもらって、その後まあお前を殺して。無理して自分の祖母の切断を探して回る必要はないんじゃない？」

「暇《ひま》だし」

「うわっきも」

「きもくねえよ」

「お前気持ち悪いな駄目だよ人に共感しなきゃお前みたいなやつが変な理由ですぐ誰かを殺したりするんだよ」

「そんないわれるほどなの」

「そうだよ変だよ色々先が心配だよ怖いなあ今の内階段とかから落として壊しといた方がいいかしら」

「よっぽど怖いよそっちのが」唇を掻き毟りながら僕はいった。皮が剝けた。「いやでもたぶん探すと思うよ」

「いやだからまあいいけどさって」

「ねえ舌をさ見つけた時凄いどきどきしたんだけどそういうのもやっぱり変かな」薄い茶

透明の死んだ皮を眺める。

「そういう変に価値を求めるなよお前」

「めたわけじゃただ確認として」

「そも人殺しに対して良し悪しともかくそこに何か一廉《ひとかど》ありますよみたいに扱うから悪くねえなあってやつはそうなのかあってことになっちゃうんだろ全国テレビで自分のこと紹介してくれるっぽさがいけないわけじゃない需要に供給してるから市場が出来てんだよああくそ目立ちてえなあ全部こけたら私も誰か刺そう何もないよりゃいいもんね」

「何かあったの」

「とにかくお前あれだよ、その年じゃあしゃあないかも知れないけどさ自分が人より特別だとか思わない方が身のためだよ異常者ぶってかっこつけたいかもでもそういうのこけた時恥ずかしいよ」

「そう」さっきといっていることが矛盾している気もしたけれど、いい過ぎたと思っての姉なりの気遣いかなと思い揚げ足取ったりはしなかった。

「予想より自分が正常でがっかりするのが落ちだよ」

「んなこと当事者にいわれても」さっき剝いた皮と血を口に運んで僕はいった。

「まあ自分は凡百の極みだくらいに思ってて損はないから」

「うん判った」僕はまた唇の皮を剝き始めた。

「とにかくあれだ、なんだっけ、どうせ怖気づいて死体なんぞ探さないだろうから気にしないけどさ、てかあんたいい加減指って本当なの？　まあいいけどさそれも含めて叔母さんたちラリって見えるんなら死体なんか探して逆上されて殺されないよう気をつけろよ青髯《あおひげ》だよ」

「うん判った」僕は皮を剝いては食べることに夢中で、正直姉の話をあまり聞いていなかった。唇はもう剝けるような皮が残っていなかった。無理して剝いたら血が滲んだ。とてもしみて痛い。舐めて湿らす。

「じゃあ寝るから。何するにしても考えてするんだよ」

「うん判ったおやすみ」

　電話が切れたので僕は受話器を戻し唇の皮を剝き続けた。湿らせてしばらくすると余計水分が飛んで皮が浮いてくる。のを剝いて、剝ききれない時は力に任せて引っ張る。

「うん意外と」自然と独り言が漏れる。こうなってくると不思議なもので唇の皮なんかがおいしいのなら、まだ何かあるのじゃないかと思えてきた。探す意味もこめて顔を触りながら模索していると、指にもみあげが触ったので、適当に髪を掻き回してそのまま引っ張ると何本か抜けたのでうまく舌で絡めとってのどに運んだら髪の毛は苦かった。ただ面白いもので意外とそれは硬いのか舌の上からのどの奥へ入っても、ちきちきした糸の感触は感じられて普段髪の毛が口に入った時のあの不快な気持ちが今はむしろこれもありかなと、そういう不思議なおかしみがあった。生え際の髪を抜いてみた。ぶつっという音が聞こえたような聞こえなかったような。髪の毛の先に小さい透明な虫みたいなものがついていたがこれが毛根なのだろうか。

「何してるの」

髪の毛の感触に熱中していたため僕は叔父さんが部屋に入ってきていたことに気付かなかった。背後の叔父さんは休む間もなく自分の生え際を引っこ抜き引っこ抜きぺろぺろぺろ舌で受け取っている不気味な甥に不審な視線を注いでいるんだろうなあと僕は思って気まずく振り向いた。

予想と少し違い叔父さんが不気味な視線を僕に注いでいたので僕が少し不審に思った。雨は少し弱くなっているようだけどまだ薄暗い。部屋の明かりも点《つ》けていなかったので叔父さんの表情自体はよく見えなかったけれど、眼鏡越しの大きな目はよく見えた。うまくいえないが、暗い目をしていた。手に持っているのはコンパスだろうか。コンパスの鉛筆を嵌《は》める所に彫刻刀が固定されているので、凶器だなあと僕は思った。

「この部屋で何を？　していたの」叔父さんがもう一度訊いてきた。

姉に電話していたと答えた。

「どうして？　昨日の夜もしたばかり」

「淋《さび》しくて」

「淋しいの？」

「もう大丈夫」

「もう大丈夫なの？」

「暇だけどね」

「何か漫画でも読む？」

「うん何があるの？」

「ホラーとか」

「うん読む」ホラー漫画は大好きだ。「ねえ叔父さん叔父さんは淋しくはないの」

「淋しい？　何で？」

「何でって」トイレに行きたくなってきた。「叔父さんの家は五人家族でしょ。だったんでしょ。今三人でしょ。おばあちゃんも紗央里ちゃんもいない今のこの家は淋しくはないの」

「そっかそうだね。いつの間にか家族がこんなに減ってしまった」

「いつの間にか？」

「一体いつうちの家族はいなくなっていってしまったんだろう」

「いつか知らないの、その、二人がいなくなったのは」

「知ってるよ。おばあちゃんはまあ。紗央里は二人が来た日だよ。昨日？　一昨日？」

「昨日だよ」昨日だっけ。

「じゃあ昨日だ。入れ違いだね」

「二人がどこにいったのかは知らないの」

「おばあちゃんはまあ。紗央里は判らないんだ。どっか行っちゃった」

僕もおばあちゃんがどこにいるのかは知っている。

「何でだろうね。ええと五分の、二だもんねえ。本当減ったね」

叔父さんは感慨深そうに呟いたけれど、そういういい方はなんだかいやな感じだったけれど、僕は何もいわなかった。

「ばあさんが死んだ時はさ、ああそっかって。感じ。だったし、紗央里は唐突過ぎて、いなくなったのかいなくなってないのか。どうしちゃったんだろうね。空気のようなもんだったけど家族なんて、いないと気になるもんだね。空気がないと死んじゃうからかな」

「気になるんだ」何だか軽いなあと思った。まるで三泊出かけている程度のような。

「うん。何で家族がいないことがこんなに気になるんだろう？　不思議だよ。本当不思議。家族なんて、ってさ、思っていたのにさ、いや、思ってもいなかったのにさ。気になるなんて、夢にも。なのに、この重い気持ちはなんなんだろう。胸が軽くなったりすらしないと思っていたのに、どっこいこの重さはなんなんだろう？　気になったりするなんて、そんな。するとは思わなかった。何だろうね。もしかして、家族って、大事な人だったのかな。だからこんなにいなくなると気になるのかな」

「それはたぶん淋しいんだよ」

「そうかなそっか」

「僕も家族がいなくなると思うと淋しい気がするよ」

「想像なんかじゃ判らないよ。とても重いよ。ふとした時に気になるんだ」

判らないといわれてしまっては僕としては何もいうことはない。叔父さんの感慨は重いのか軽いのかなんて。

叔母さんがお昼だよと呼んでいる。

「いこっか」と叔父さんがいったので僕はうんと頷いた。また焼きそばだろうか。

# 10

　果たして三食続けて焼きそばだった。けれど今度はカップではなく焼いた焼きそばだった。香ばしい匂いがする。熱気と香りはカップものとは比べ物にならない。

「ズボン穿《は》き替えたの？」叔母さんが僕に訊いてきた。僕はうんと頷いてから、寒いから厚手のにしたのだと付け足した。

「いただきます」僕がいった。

「いただきます」父さんもいった。

「いただきます」叔母さん。

「いただきます」叔父さん。

「いただきます」今のは誰だろう。その場には四人しかいないのでおかしい気もしたけれど別に二回いってはいけないという法律もないのでいいかと思った。

「法律って」

「法律？」父さんが訊いてきた。

「何でもない。そういえばおじいちゃんいないね」

「実は昨日の朝奥の部屋で首吊《つ》ってたから助けて寝かしてあるわ」と叔母さんがいったけれど、冗談なのかどうか判らないから僕はふうんとだけ返事をした。さあ笑えと判りやすいのも困るけど冗談か判らないのも判らないから困るなと思った。

「久し振りに人間らしい物を食べたなあ」と叔父さんがいった。

「そうなの」父さんが訊いた。

「うん。長いこと作ってくれなかったから」

「やめてよそんな」叔母さんが口を尖《とが》らせた。

「ずっとカップものとか？」

「うん。あとは虫とか草とか」

「虫？」

「自分で作ればいいのに」父さんがいった。父さんは意外と料理が好きな人だ。

「やっぱどうもそういうの駄目みたいで。面倒くさがっちゃってさついついインスタントものとか虫とかに頼っちゃうんだよね」

「虫？」

「結構作ってみると楽しいもんだよ」

「それも判るんだけど、どうも習慣づくまではいかないというかね。何といっても重労働だしね」

「そう思うんなら尚更《なおさら》自分の分ぐらい自分で作ればいいと思うけど」

叔母さんはぶっきらぼうにそういうと、早々と食べ終えたらしい皿を持ってカウンターの向こうの流しに引っ込んでしまった。

何となく僕たち三人は気まずくなった。静かに焼きそばを啜《すす》る。

「あニュース見た土星に生き物いたんだってね」叔父さんが沈黙を破って話し始めた。

「ああ昨日だっけ一昨日？　すごい時代になったもんだね」父さんもほっとしたように話に乗る。「土星でどうやって生きてんだろうね」

「何かいってたけど何だっけなあ大した生き物じゃないらしいけど」

「大したことないったって充分すごいじゃない土星人怒るよ」

「土星人ってもっとかびみたいな生き物でしょなんか」

「ふうん」

「テレビといえばこの間テレビ見てたんだけどねこないだっても最近なんだけど、映画なんだけど面白いなーって思って」

「どういうテレビ」

「世界が滅びました系の普通の話なんだけど何で面白いのかなあと考えたんだけどだまだまだまだま」

「だまだまだまだまだまだまだまだまだまだまだまだまだま」

「だまだまだまだまだまだまだまだまだまだまだまだまだまだまだまだまだまだまだまだまだまだまだまだまだまだまだまだまだまだまだまだまだまだまだまだまだまだまだまだまだまだまだまだまだまだまだま」

「だまだま」

「でも映画でなかったら確かに怖いよね大ニュースだもの」

「判んないよ報道管制されるかも」

「車がたくさん停まってると世界滅ぶなあと思うよね皆でらっぱブーブー鳴らしてさ」

つまらなそうな話だったので僕は焼きそばをかきこんで食器を下げに台所へいった。

「ごちそうさまでした」洗い物をしている叔母さんに声を掛ける。

「おいしかった？」叔母さんが訊く。

「うん」とてもおいしかった。カップの焼きそばも捨て難いけれど。

「誰にも作れるようなもんだけどね。そういってもらえると嬉《うれ》しい」

叔母さんは僕の渡した皿を、洗剤のついたスポンジで擦り始めた。ついさっき自分が口をつけていた皿をすぐさま人の手で洗われるのは複雑な気持ちになる。

「叔母さん今日は何か用事ある？」

「楊枝なら食器棚の中に」

「そうじゃないよ」

「わざといったの」

「その、午後どこか出かけたりする？　というか、午後は何をする予定？」

「午後ねえ」叔母さんは蛇口を捻って皿についた洗剤を水で落とし始めた。

「うん」

「どこか行きたいの？」すすぎ終わって、水を止める。

「そういうわけじゃないんだけど、何となく」

「ふうん。午後かあ」皿を軽く振って水を払うと、また叔母さんは洗剤のついたスポンジでその皿を擦り始めた。「午後はずっと台所にいるかなあ」

「ずっと？」僕は訊き返した。「ずっと台所で何を？」

「いろいろやることあるのよね。洗い物でしょ。夕飯の支度でしょ」洗剤のついたその皿を再び水で洗う。「あとは、そう、腹筋をするの」水を払うと、乾いた布で拭いて、またスポンジで擦り始める。

「腹筋？　腹筋って、腕立て伏せとかスクワットとか、そういうのと同じあの腹筋？」

「そう。何か変？」またすすぎ。またスポンジ。またすすぎ。同じ皿ばかり何度も洗い続ける。

「変じゃないけど」実は変だと思っていたけれど。「なんで、台所で腹筋なの？」

「台所の床がやりやすいのよ。いろいろ比べてみたんだけど一番しっくりくるの」水を出してすすぎながらスポンジで擦り出した。「もう日が暮れるまで台所で腹筋してるから。今日は離れられないわね。ノルマが厳しいから」

「何回やるの？」気になったので僕は訊いてみた。

「千……五千回。いや一万回かな」

「すごいね」

「それくらいやらないとね。自分の肉にならないっていうか」

「がんばってね」

「うんがんばる」

僕もそれくらいやり遂げる意志を持たねば何事も駄目なのだろうか。人が頑張っている様を見ると、焦りのような、不安のような、自分もやらなきゃ、という気持ちに駆り立てられる。もっとも、三十分もすれば消えてしまうのだけれども。

そういうわけで叔母《おば》さんは今日一杯何故か台所から離れないらしい。おばあちゃん探しは今がいい機会だと僕には思われた。

## 11

「探しものは何ですか見つけにくいものですか」

まずは叔父《おじ》さんが下で食事している間に叔父さんの仕事部屋から探すことにした。階段を静かに上りながら首を回して指の関節を鳴らす。頬を二三回はたいて気合を入れた。階段を上って廊下の右突き当たり、薄暗い部屋の前に立つ。

「よし」しまっていこう。

冷たいノブを摑《つか》む。捻る。無音でドアが開いた。再びの、叔父さんの書斎だ。

昨日は探さなかった、小さな所、を探すのだ。

まずはやはり机だ、と思った。机の引き出しの一番上の段を引いてみる。マーカーなどの文具や大量のプリントがあるだけだった。次の段も、その次の段も普通だった。僕は下から開けていくべきだったかなと後悔した。箪笥《たんす》を検分する泥棒のように。叔父さんが上がってくるまでの少ない時間を無駄にしてしまった。気持ちが少し焦る。

次に見たのはパソコン。物を隠したりは出来るか。本体を開ければ何か詰まっているだろうか。でも開けて見つけて更に本体を元に戻して次を探して、としている時間が勿体《もったい》無い。延長コードとケーブルの束に白髪が大量に絡まっていた。隠しているつもりだろうかこれも。

思いついてスライド式の台を引っ張り出す。キーボードとマウスが乗っていた。

僕はんっと思った。

キーの間、V字型の谷間が出来ている所に、白くて小さいものが挟まっていた。一ヶ所二ヶ所ではない。びっしりと。一つを手にとって見ようとすると、キーとそれが触れ合ってチャカチャカと音がした。

歯だった。よく見ると黄色い。

全く意味が判らないがキーボードの隙間隙間に歯が並べてある。僕は右端のテンキーの辺りから掌を、キーを撫でるように滑らせてみた。ただでさえカチャカチャしているキーは砂利のような大粒小粒の歯が挟まっていることで、小豆のような子供の笑い声のような奇妙な波で音を立てた。

僕は奥歯のような歯と二本あった銀歯の一本をつまんでポケットに入れた。

おばあちゃんは銀歯があっただろうか。たぶんあった気がする。入れ歯もしていたかも知れない。そういえば入れ歯はここにはない。そういえば紗央里ちゃんの死体なのかも知れないのだった。白髪はともかく。この歯は若い人の歯だろうか。どうも若くない気がするのだけれど。そういえば本数が少ない気もする。紗央里ちゃんは歯のないような年ではないし、やはり入れ歯で足りない分だろうか。

キーボード台をスライドさせてしまった時、僕はすっ、とひらめいた。横に置いてあるプリンターの、開くようになっている上部を持ち上げる。

インクリボンが往復する空間に、下あご前歯の入れ歯がこちらに向けて歯を剥いていた。

そこには歯茎のようなピンク色をしたぼろぼろの何かも敷いてあった。

## 12

そこまで探した時点で下の階が騒がしくなった。叔父さんか、叔母さんか、誰かが上ってくるのかも知れない。僕は用心のため、仕事部屋を出て、隣の部屋に隠れた。

ドアをそっと開けると、昨夜同様、明らかに他の部屋よりも強い、公衆便所のような不衛生さを思わせる臭いがした。

紗央里ちゃんの部屋だ。

とても臭い。臭いが構ってはいられない。忍び込んで、ドアを静かに閉めて様子を窺《うかが》った。

ほどなく、叔父さんだろう、階段を上る足音が聞こえた。そのまま廊下を歩き突き当たりの仕事部屋に入っていった。セーフだったようだ。一応書斎で見つけたものは、取ってきたもの以外は元に戻したたし、極力あさった跡は残さないようにしたつもりだ。

しばらく物音を立てずに耳を澄ませて叔父さんの様子を窺った。すぐにラジオのような音が聞こえてきた。音はやや小さいけど、慎重に探す分には気付かれないだろうと思う。

さあ次はここ、紗央里ちゃんの部屋だ。

いることを避けたいような悪臭。臭いの粒子が体に吸いつくのが見えるようだ。口で息をしてものどを貫通して鼻を突き刺す。

泪《なみだ》が滲《にじ》んだけれど、我慢して部屋を見回す。部屋は真っ暗だったけれど気付かれると困るので明かりは点けなかった。代わりにカーテンを静かに開けた。外は変わらず大雨なので陽射しは期待出来なかったけれど、幾分視界が利くようになった。奥の窓際にはベッドと机。机の横には本棚、そして箪笥。クローゼットもある。他には特に何もない、といっていいと思う。叔父さんの仕事部屋と似ている。

去年、この部屋に来た時はここに部屋の主がいて、一緒に遊んだり、漫画を借りて読んだりした気がする。その不在以外には、印象にあまり違いはない。

さっきの部屋にいたのはまず間違いなくおばあちゃんだろう。この部屋にもおばあちゃんがいるんだろうか。紗央里ちゃんがいるんだろうか。どちらもいないか、あるいは両方。

叔父さんの部屋よりは気が引けるものの、机の引き出しに手を伸ばした。色とりどりの、手紙のような、メモのような物がぎっしり詰まった段と、殆《ほとん》ど何も入っていない段がある。おかしなものは、探し求めているようなおかしなものは何もなかった。本来の目的から外れて、その手紙たちに手を伸ばして読んでみたい衝動に駆られるけれど、とりあえず時間がないので我慢して引き出しをしまう。

机の上。教科書ノートと筆箱が置いてあり、隅っこにはペン立て、貯金箱、あと電気スタンドがあった。整頓《せいとん》されている。埃《ほこり》もあんまり被《かぶ》っていない。僕の掃除をさぼりがちな部屋の方がよっぽど埃っぽい。紗央里ちゃんがいなくなったのは最近だと叔父さんもいっていた気がする。あてになるか怪しいと思っていたけれど。

その隣は木製の本棚。そういえば時間がなく叔父さんの部屋のは調べずじまいだった。紗央里ちゃんの本棚は叔父さんの部屋のと同様、扉がついている。持ちにくそうな小さい球形の取っ手がついている。二つ。僕は取っ手を摑み引いた。強い磁石が少しだけ抵抗して、ぱこっと小さい音を立てて両開きの扉が開いた。棚は全部埋まっているわけではなく、六七割といった感じだ。小説と漫画が半分くらいずつある。上の方の段に小説、主に文庫本。漫画は下の棚だ。

確か紗央里ちゃんが中学校に入学する時にこの本棚を買ってもらっていた。本棚がなかった頃は本を机の上に並べていた気がする。僕はそんなに漫画を持っていなかったので、比較的たくさん漫画を持っている紗央里ちゃんを羨《うらや》ましく思い、遊びに来ている間、この部屋へ来ては、紗央里ちゃんがいなくても、勝手に漫画を取って読んだりしていた。紗央里ちゃんが一年の間に買い足したものを、それこそ去年の続きからまた読み耽《ふけ》るのだ。

下から二段目にそうやって何年か前に読んだるろうに剣心の背表紙が並んでいるのが見えた。とても熱中したことを覚えている。今も好きだ。懐かしく思って僕は思わず十五巻に手を伸ばした。

誰かの手と触れた感触がしたので僕は図書館などで隣の人と同じ本に手を伸ばして手に

触れてしまった時そうするような気持ちで手を引っ込めて、反射的に「すいません」と謝ってしまった。

一秒してからおかしいなと思い直した。

更に一秒してから何が起きたのかを理解して、冷たい汗が滲み出てくるのを感じた。

触れたものは立った目線からは死角になっている。

気が落ち着くのを待ってから僕はかがみこんで、恐る恐る下から二段目の棚を覗《のぞ》き込んだ。

僕が予想していたのは手だったのだけれど、期待は裏切られた。

足だった。本の上と棚の上部との空間に、足首から先の部分が、本を踏むように左右二足、こっちを向いて並べて置いてあった。るろ剣の十一巻から十六巻までの上に右足、十七巻から二十二巻の間に左足が載っている。僕が触れたのは手ではなく足の指だったようだ。

そっと手を伸ばして、右足の土踏まずの辺りを摑んで、引っ張り出した。

靴のように冷たい。けれど靴よりは重かった。大きさからかフライドチキンを思い起こさせる。断面からは球体のような骨が覗いていた。

床に置いてみるとうまく立った。横に自分の足を置いて比べてみる。僕は同級生たちの中でもそれほど足が大きい方ではないけれど、その足は僕よりサイズが小さいようだった。節くれだっていてくすんだ肌をしている。死んでいるせいでもあるだろうけれど、たぶん、おばあちゃんの足。

不思議ともう死体に対するぞくぞく感はだいぶ薄れてきていた。突然で驚いたからだろうか。

考えたけれど、足は元の位置に戻すことにした。ある程度死体の欠片なり、小さいパーツなりを持っておきたいと思い、厚手でたくさんポケットのついているズボンにさっき穿き替えたのだけれど、さすがに足は無理だ。

次の物を探すことにする。あとはベッド、箪笥、それと備えついているクローゼットだ。かなり気が引けたけれど、箪笥を開けてみる。反省を踏まえて下の段から階段状になるように順々に引き出してみる。紗央里ちゃんの物と思われる服が入っていた。一見それだけだ。服をひっくり返せば、間に肉でも挟まっているかも知れないけれど気が引けたのでそのままに引き出しをしまっていく。今度は上から順に。

あとはどこかな、と考える。ベッドの下は何もなかった。かなり狭いとはいえ、何かを隠すのに向かないというほどではないのに。箪笥や机の時も思ったけれど、隠しやすい大きさに切り出したからといって、鍵の掛けてある所に押し込んでおくわけでもない。いわゆる普通の常識的に何かを隠すような場所、真っ先に隠し物を探されそうな場所には隠したりはしないみたいだった。しかし外にも棄てられないし隠し場所にはむしろ困っている。隠す場所に余裕はないが見つけられては元も子もない、そう考えた結果かどうなのか、今のところ安易に探されそうな場所は外して、本末転倒というか、トリッキーに過ぎる危険な場所に死体の欠片を隠している傾向があるように僕は思った。こんな所に、という場所を選んで隠している。ほぼその一点だけだ。

どこだろうか。ベッドの下などではなく、意表を突く形。陰の場所ではなく、むしろ堂々とした。

僕はふと思い立って、ベッドの上の、掛け布団を捲《めく》ってみた。

中には何もなく、水色の敷布団が見える。

ただ、敷布団の下、ベッドとの間には何か物があるらしく、敷布団は縦長くふくらんでいた。

敷布団も捲り上げる。

太腿から足首まで。年老いた脚部が二本、並んで寝かされていた。

うまくしまえないか布団がふくらんでしまったか、何か気に入らなくて足首の先は切り離したようだった。どうしようか迷って適当に本棚に投げ込んだ感が想像とはいえひしひしとして僕は何ともいえない気になった。

「う」

脚を見ていたら僕は唐突にトイレにいきたくなってきた。とりあえず布団を脚に掛け直して部屋を出た。

トイレにいき用を済ませて、僕は静かに再び紗央里ちゃんの部屋へ入った。

改めて見ると、脚のある部分だけ軽く布団が盛り上がっているのが判ったけれど、意識しなければ脚の部分だけのふくらみなんて見逃してしまっただろうと思った。紗央里ちゃんの部屋なのに寝ているのはおばあちゃんの脚というのは不思議な感じがするなと思った。寝ているともいわないか。

もう一度布団を捲る。大き過ぎる大根のような、知らない生き物のようなそれが、やはり二本並んで寝かされていた。座り込んで顔を近づけてじっと眺める。さらさらした肌だった。触れてみるとざらざらしていた。毛穴が指に引っかかる。冷えていて、柔らかくはないけれど受け付けない厳しさもない。痩せていて、骨に馴染むように皮が張ってある、そういう感じだ。

また下腹の辺りが鋭く熱くなってきた。不気味なもの気持ち悪いものを見ると背筋も冷える。

脛《すね》を摑んで脚を持ち上げてみると、膝《ひざ》がくにゃんと曲がって、膝頭の皺《しわ》が伸びた。膝の骨が皮の下で転がったのが判った。

若干楽しくてしばらく膝を曲げ伸ばしして遊んだけれどそのうちに飽きたのでやめた。布団を被せて、なるべく元の状態に戻す。

相変わらず部屋の臭いはきつくて、口で息をしないと辛い。

クローゼットも開けてみた。服の類《たぐい》が吊《つる》してあるばかりで予想通り何もない。この中のみ悪臭はしなくて、無臭のような布の匂いがふっと鼻を撫《な》でた。僕は静かにクローゼットを閉じた。

もう探す所はないだろうか。もう一度箪笥を開けて、本棚を眺める。やっぱり変わりなかった。机はどうだろう。僕は引き出しに手を伸ばした。探すというより、単にもう一度人の机の引き出しをあさってみたかっただけなのかも知れない。開かなくなるほど詰まった手紙に手を伸ばした。物が少なく、殺風景に整頓《せいとん》された部屋の中でその詰め込みっぷりは少し異様だった。引っこ抜くように一枚を引き出す。紗央里ちゃんの友達からの手紙みたいだった。四隅にイラストが印刷されている便箋《びんせん》に丸い字が明るい色のペンでぎっしり書かれていた。脈絡のない話題みたいだった。何文字かごとに時々文字の上に針で開けたような穴が打ってあったりしたので、暗号だろうと思ったけれど面倒くさくて特に拾い読みしたりはしなかった。やりたいだけで書いてあるのは普通のことだろう。続けて何枚か適当に抜き出して読んでみたけれど、どれも友達からの手紙ばかりだった。ちょっとずつ違ういろんな筆跡があり、ノートを切り取ったものもあれば小さなメモ用紙みたいなものもあったが、内容はとりとめもなく気になるものはなかった。

ふと気になって一枚を裏返してみた。何も書いていないように見えたけれど、何も印刷されていない白紙は何故か灰色がかっている。目を近づけて細めてみると、どうやら鉛筆のような物で、薄く小さい字がぎっしりと書き込まれているみたいだった。暗くて読み取れなかったので、窓の前に立って、光に当てるようにして読み取ろうとした。結局擦れて潰《つぶ》れてしまっている字が殆《ほとん》どで、読むことは不可能だった。僕は適当な記憶を頼りに元の場所へ手紙を差し込んで、引き出しを閉めた。

机の上の貯金箱に目がいった。旧型の郵便ポストだ。

持ち上げてみると拍子抜けするほど軽かった。中身は空のようだった。そういえば部屋中あさったけれど、財布も見つからなかった。紗央里ちゃんが持っていったのだろうか。生きてこの家を出ているのならの話だけれど。

ペン立てには一杯で抜けなくなるほどシャーペンや色ペンが入れてあった。

僕は少し不思議に思った。あんなにペンが立ててあるのに、布製の筆箱の方に目をやるとこちらもぱんぱんに中身が詰まっていた。合わせるとさすがに多過ぎやしないかというくらいに随分な本数があることになる。シャーペンと三色ボールペンくらいしか使わない僕の感覚だからそう感じるだけなのかも知れない。

でも気になったので一応筆箱のファスナーを開けてみると、指がたくさん詰まっていたのでまあ外れていたわけではなかったなと僕は思った。

「入るもんだねぎっちりみっちり」

指はウインナーのようだった。皺が刻んである。灰色の指。数えてないが両手だろう。無理に詰め込まれ圧迫され歪《ゆが》んでいる。

また指だ。何で洗濯機のあれだけあそこだったんだろう。不思議だったけれど理由は判らない。取り出して机にでも並べようと思ったけれど、あまりにきちきち過ぎて、指同士が絡まり合っていて、引っ張ってもなかなか取り出せない。

それでもむきになって皮をつまんで無理矢理引っ張り出したら勢いあまって、絡み合ったままの指たちがぼるぼると転がり落ちてしまった。

机の上や下や本棚との間に、指が虫のように着地して、転がりながら這い逃げていく。

僕は慌てて拾い集めようとしゃがみこんだ。

一本ずつ拾っていくうちに何故か全ての指が同じ方向、床の一点を指しているみたいなことはなかった。僕は少し残念だった。

本棚と机の僅かな隙間に転がり込むのが見えた一本の指が取れない。覗き込んでも狭過ぎて暗く、どこに指があるのかも判らない。隙間は文字通り指一本分くらいの幅しかないのだ。

指を掻き出せるような細くて長いものをと、机の中にあった三十センチの物差しを持ち出してほうきのように掻き出してみた。引っかかる感触はあったけれどより奥にいってしまった。

僕はくそっと思った。指を落とした時に叔父さんが気付かなかったとも知れないと思うと爪を噛みたくなってくる。叩《たた》きつけるように振るった物差しはまた指を弾いてしまった。焦る。慌てる。もう届くか届かないくらいの位置まで逃げ込んでしまった。次を外したらもう定規じゃ無理だ。如何せん暗い。何も見えない。目視出来ないのであたりをつけるしかなく、余計外れる。

僕は電気を点《つ》けようかと思った。

ばれてはまずいと思ったけれど、回収したい出来ればば。捨て置くのは怖い。逡巡後、決心し、僕は入り口近くに耳をすませて変わらぬ廊下を確かめてから、スイッチをそうっと押した。

明かりは点かなかった。僕はいらっとした。人がせっかく決断したのに。

明かりの笠の下にいってぶら下がっている紐《ひも》を引いてみた。が、それでも明かりは点か

なかった。

　あれだろうか、スイッチで点けようとしたら紐側がオフになっていて、それに気付いて

紐を引っ張ってみるとスイッチをオフにしてきてしまっていたというやつだろうか。ちく

しょうと思った。けれども紐はカチとも寸ともいわなかった。ただずるずるべちゃべちゃ

とした感触があるだけで切り替わる音すらしない。それに紐自体もいくぶん太くて、少し

ねじれているようだった。しかも柔らかい。握っている掌が、濡れているというほどでも

ないけれど冷たく湿っていた。しかもその水分は粘った。そして鼻腔を掻き回して、刺激

に目が霞むほどに、臭い。

　僕は紐の先を握ったまま、暗がりの中で自分の真上、蛍光灯を見上げてみた。

天使の輪のような、二つのドーナツのような、白濁したガラスの蛍光灯はそこには嵌ま

っていなかった。道理で明かりが点かないわけだ。蛍光灯がないのだから当たり前だ。

代わりといってはなんだけど、そこには肉質な長いロープのようなものがとぐろを巻い

ていた。暗くてよく見えないので推測だけれども、形の印象からしてはらわたというやつ

だと思う。小さい方だろうか。暗い虹色の、怪物みたいに巨大な、条虫というかさなだむ

しというか、同じだけれど、とりあえず僕が思い出したのは以前に寄生虫の本で見たそれだった。

それが蛍光灯を嚙ませて固定するフックのようなパーツにしっかり嵌めてある。きっちり二周。二周した腸の内巻き、細い方の先はそのままだらりと下へ垂らしてあって、その先端が僕の右の掌の中に納まっている。

外巻きの続きはどうなっているかというと、明かりの笠の上へ伸びていて、どうやら続きは笠の上に載っているようだった。恐らく続き部分の方が長いのだろうけれど。

僕はひもを握る手を離して、離れて背伸びしてみたけれど、何かが盛ってある影が見えただけでよく判らなかった。でもたぶんおばあちゃんの中身がいくらか積んであるのだろう。

千切って持っていこうかと迷ったけれど、結局その内臓には手をつけないことにした。あまりに臭かったからだ。とても耐えられない。

さて、いい加減この部屋も出るべきだろうかなと僕は思った。だいぶ長居し過ぎた気がする。とりあえずまだ出てきそうな気は少ししたけれど、探すのはやめることにした。

自分の痕跡《こんせき》を残していないかチェックした。いじったものはちゃんと元に戻したろうか。

そういえば本棚と机の間の指を取ろうとしていたのだった。

結局取れないこいつはどうしたものか。

僕は考え込んだ末、ふと思いついて本棚を押してみた。中身もまだたいして入っていないしあるいはいけるかと思ったけれど、両手で押すだけではさすがに動かなかった。今度は取り組む力士のように、棚に体を密着させて、隙間に指を入れ、角を掴《つか》んで、そのまま腰で押してみる。意外なほどスムーズに本棚は動いた。固定はしていないようだった。何でもやってみるもんだなと僕は思った。奥に寝そべっていた指をつまみだして、埃《ほこり》を丹念にとって筆箱にしまう。まだ転がっていたりはしないかと思ったけれど、数えたらちゃんと十本あったのでどうやら全部拾い終わったようだった。ぎちぎちに押し込んでファスナーを下ろす。一本の甘皮が巻き込まれて少し剝《は》がれたのが痛そうだった。とりあえずその皮は食べた。味もないほど小さかったけれど、腹を壊したりするかも知れないなと思った。

筆箱を教科書の隣に置いて、本棚も元の位置に戻した。見回して確認、どうやら平気だ。とりあえずこの部屋は終わりだ。最後にカーテンを閉めなければいけないことに気付いた。

「何してる」

「何も」思わず返事しながら僕は死ぬほど驚いた。

カーテンを閉めた手を離して振り返った。ドアが開いている。廊下の明かりが点いているのが見える。ドアから入る四角い明かりを切り取るように、人型の影が見えた。カーテンを閉めて光が閉ざされたばかりな上に逆光なので顔は見えないけれど、叔父さんの大きな二つの目玉がこちらを見下ろしているのが見えたような気がした。

「＊ねよ」影が喋《しゃべ》った。

「え？」

影は黙った。

「何ていったの？」

「何もいってないよ」

「叔父さん？」

「そうだよ」影の肩の辺りがもぞりと動いた。影絵ぽくて羽でも生えるようだった。

「ここで何してるのここで何してるの？」影がまた訊《き》いてきた。「ここでここ、で、何しているの」

「何もしてなかったよ」

「そうか」影は首を傾げる。「じゃあ何してるの？」

「何もしてないよ」

「何もしてないなら何もしないでここで何してたの」

「何もしてないをしてたんだよ」

「本当に？」

「本当にあった怖い話くらい本当」

「どうせ嘘でしょ」

「うん」僕は頷《うなず》いた。「チューリップくらい真っ赤な嘘」

「誅戮？」

「チューリップ」

「うん」

「本当のことをいうと僕は変態なので紗央里ちゃんの布団や衣服を同時に僕は漫画も好きなので漫画が読みたくてだから僕はこの紗央里ちゃんの部屋に忍び込んで紗央里ちゃんの洋服を齧《かじ》って紗央里ちゃんの漫画を読んでいたの」と僕はいった。

「本当？」

「えっ信じて本当なのに」

「信じるべきか信じないべきか。嘘だろうか本当だろうかそれが嘘でも本当でも、叔父《おじ》さんは信じるべきだろうか信じないべきだろうか」

「是非にるべきで」僕は適当にいった。

「私は信じない方がいいと思うな」

叔父さんの影の肩の辺りが唐突に盛り上がった。首と頭の形をしていた。影は傾けた頭と、伸びた首の付け根辺りから新たに生えた一回り小さい頭の二つになった。

「信じなくてもいいと思うな」新しく生えた方の首がそういった。

「そう？」叔父さんの首がそう訊いた。

「もしかしなくても叔母《おば》さん？」と僕は訊いた。

「うん」二番目の首が答えた。どうやら叔父さんの肩の辺りからこちらを覗《のぞ》き込んでいるみたいだった。

「相手を信じなきゃあ何ごとも始まらないじゃない」

「君は信じてもらいたがっていて何故信じて欲しいのかというと、嘘ついてんならそれが嘘だからだし本当なら本当だから、なのかというと別に嘘でも本当でも信じてもらわなくていいやということはあるわけで、嘘か本当かという信じる内容は本当だから嘘だからと主張する割にはそんなに大事じゃなく結局信じたらどうなるかがみんな一番気にしてることだよねいじみいみじくも君がいった通り信じなきゃ何も始まらない時、信じたら何か始まる時何か始めたい人が信じるべきだなと考えて信じれば始められるわけで、だからさ信じてほんとだよとか嘘だから信じないとかじゃなくて信じるとこんないいことあるよとアピールすることが信じてもらうべき方法だよね。いいやつだから信じるというのは逆だし、でそういうことは誰でも考えてることで信じてもらいたい時は努力をするものだけど、君は特にしてないよね。口ではいうけど別に信じてもらいたいわけじゃないんじゃないの。何か始めたいわけじゃないんじゃない。

じゃあ私が信じたいかどうかは？　私は何か始めたいかというとそんなことはなくて、出来ればそっとしといて欲しいくらいだし、信じないと始まらないといったけれど、何も始めたくないから信じなくていいや。こういう『信じない』いいねここ別に三行でいいね」

「じゃあ信じない結果、どうするの？」とりあえずこの部屋にあったものは叔父さんと叔母さんとしては見られたくない物だったろう。僕は、口を封じるというか、ありていにいえばおばあちゃんみたいにされるんだろうか。

「どうもしないよ。だから何もしたくないから何もしないために信じないんだってば」影はいった。何もしたくないから余計なことをするなということかと僕は思った。

「この場合信じても何もしなくていいんじゃない？」

「そうかなそっかでもそんな変態行為を見過ごすわけには」

「そっか」

「それに君がそんな変態だって信じたくないしね」

「そう？」

「うん別に」叔母さんの首はそういうと引っ込んだ。叔父さんの傾げた首もまっすぐに起きる。もうとっくに目は慣れていたので、今では叔父さんの虚ろな両目と手に握っている金槌がよく見える。

「ところで何で僕がここにいるって判ったの」

「だってばたばたなんか音したから」叔父さんがいった。そんなに聞こえていたのか。そういえば僕は二階のトイレを使った気がする。叔父さんなんて隣の部屋にいたのに。一体何を考えていたのだろう。ちっとも頭になかった。

「あんまり人ん家勝手にうろうろしちゃあ駄目だよ。もう小五なんだからそこらへんはしっかりしないと」

「ごめんなさい」とりあえず空謝りしておいた。

「じゃあ下りてらっしゃい夕食だから」そういって叔母さんは片手の包丁を下げて、歩いていってしまった。

「いこう」叔父さんがいった。僕は頷いた。探すのをやめた時見つかることもと思った。

## 13

夕飯はまたカップの焼きそばだった。

僕の焼きそばにはウインナーが入っていた。

父さんと叔父さんのには入っていなかった。

「ずるいな」叔父さんがぼやいた。

「いい大人がウインナーぐらいで」叔母さんは呆れた口調でいった。

「何で僕だけ?」

「秘密」叔母さんはくくっと笑った。「あ、麦茶飲む?」

「ウインナー欲しい」叔父さんは俯いて呟いた。

「我慢を?」叔母さんは叔父さんの方は見ずにそう答えた。

「いやだ」叔父さんは焼きそばを睨む。僕と父さんは箸を止めた。

「ウインナーが僕も欲しい」

「何で」

「何で？　食べたい」

「もうない。一袋も一本もないよ」叔母さんは、話は終わったとばかりに焼きそばを食べ始める。

いやだと叔父さんはまた小さく漏らした。

「いやだ。食べたい。ウインナーが食べたい」気付けば叔父さんは下を向いたまま箸を握ったまま肩を震わせていた。泣いているのだ。

「ウインナーが食べたいよ」

「駄目」

「何で？」俯く叔父さんの顔から雫が垂れた。

「ないからあげられないよ。そういう意味で駄目」

「ずるいずるいよ。僕も欲しかった」

「もうどうしようもないことなのにそうやって欲しいと主張して、もうどうやっても手に入らないのに一体どうするつもりなの。ないウインナーを欲しがることで、別の何を求めているのか」

「他の何もいらない。ウインナーが欲しい」叔父さんはしゃくりあげながら途切れ途切れにそういった。

「あげるよ僕の」と僕がいうと、

「いいよあげなくても」と叔母さんが止め、

「君からはいらないんだごめん」と叔父さんもいったので悲しくなった。

「ウインナーが僕にはないのに君はこの子にあげたの？　何で」

「だってそうするべきだったから。よいと思ったから。無意味でなく意味をこめてこの子にウインナーをあげたんだよ。ウインナーだけじゃない。意味をこめてこの子にはみんなと同じ焼きそばもあげたし、意味をこめてこの子の焼きそばの中に虫を入れたんだよ」

　そう叔母さんにいわれて初めて、僕は焼きそばに混ぜられていた蝶々の羽に気付いた。黒い羽だった。

「君の焼きそばに虫を入れても肉を入れても意味はなかった。から入れなかった。だからこの子にしか入れなくて君に入れなかった」

「僕は意味もなく入れて欲しかった。この子に君が意味を求めているなら、君に僕は意味がなくても求めて欲しかった。虫でもよかった。僕はウインナーが欲しい」

「吐き気がする」叔母さんはそういった。

　それから、いくらも食べていないカップを摑むと、中身を叔父さんに向けてぶちまけた。

俯いた叔父さんはびっくりして顔を上げた。かつらみたいにそばが頭に張りついていた。

それから叔母さんは叔父さんの焼きそばも摑むと、それはごみ箱の中へ棄てた。ごみ箱は珍しい餌に喜んでいるようだった。

「ウィンナーの他に何もいらないなら焼きそばも食べなければいい」そういうと叔母さんは静かにドアを閉めて部屋から出ていってしまった。

階段を上る音が聞こえた。階段を上っているのだろう。

誰も話さず静かだった。外は相変わらず雨で、肌を刺すように沈黙を破り続ける。

「うん」

叔父さんは何かに頷《うなず》くと、しばらくじっとしていてから、静かに頭に被った焼きそばに手を伸ばして、口に運び出した。僕はそれを眺めていた。父さんは自分の焼きそばを食べ始めた。

「おいしいの」僕は訊いた。

「まずくは」叔父さんは答えた。眼鏡に油がついている。

「食べなくても。棄てて手を洗ったら」

「うん。でも、叔母さんがせっかくくれたんだ。食べるよ」

「そうなの？」

「うん」

「そう」

僕も黙って自分の焼きそばを食べ出した。羽は残した。どうやっても蝶々の脚や体の部分が見つからなかったので、もう食べちゃったんだろうと思った。

やがてめいめいに食べ終えて、席を立った。

雨はまだ音だけで降っていた。

## 14

叔父さんは食べ終わると風呂《ふろ》へ入った。父さんは居間でテレビを見ている。

僕はトイレにいって吐けはしないかと頑張ってみたけれど、どうやってものどに指が入れられなかった。あの不快感を味わうのにどうしても抵抗があったのと、もう一つ理由がある。

結局何も出さずにトイレから出た。

そのまま正面の玄関へいって、靴をかかとを踏んでつっかけて、ドアを開けて外へ出た。暗かった。それと夏なのに冷たい気がした。雨は弱くなってきたけれどいまだ元気に降っている。さらさらと木の葉っぱを叩《たた》く音が遠くから届いてくる。この家の中の漂う油のような鈍い臭いが消えて、研ぎ澄まされた雨の匂いを嗅《か》いだら、漠然と悲しくなってきた。暗い闇の向こうの方に父さんの車が見えた。雨ざらしだ。その更に向こうは何も見えない。誰も何も、音さえ見えない夜の奥から、とても多くの小さな誰かが生きてそして暮らしている匂いと鼓動が夜と雨に乗って、聞こえてくる。

深呼吸を一度してから僕はドアを閉めた。

さあ何をしようか。

僕はズボンをまさぐった。歯と指が出てきた。鼻を近付ける。夜と雨の匂いが消えて、きりきりと腹の痛むような心地よい臭いが再び満ちてくる。頭も再び鈍く染まった。

さあこれから何をしようか。

一階を探そうか。よし一階を探そう。

僕が最初に思いついたのはおばあちゃんの部屋だった。あそこには何かありそうだ。

でも、少なくとも股《また》から下はもう一通り見つかってしまった。中身も少しあったし、そんなにはないかも知れない。あるかも知れない。

おばあちゃんの部屋にいくには、玄関と階段を繋《つな》ぐ廊下から左手に伸びている廊下を通る。

僕たちの借りている部屋の襖《ふすま》を隔てた向こう側、昨日おじいちゃんが出てきた部屋がおばあちゃんの部屋だ。おじいちゃんの部屋は更にその向こうだ。だから、僕たちの部屋からもおばあちゃんの部屋へはいける。

僕はそう思いながら、そういえばそこの廊下には床下収納があったなと思い出した。開いているところは見たことがなかったけれど、廊下のちょうど真ん中の辺りに収納の蓋《ふた》があったことを覚えている。深さは判らないけれど、蓋は結構大きかったと思う。あそこは、どうだろうか。入るんじゃあないのか。入ったとして、入れるんじゃあないだろうか。

僕は靴を脱ぐと揃えてから（かかとの潰《つぶ》れも直した）、廊下を左に曲がった。

そこにおじいちゃんがいたので僕はびっくりした。息が詰まった。

「おじいちゃん？」詰まった息が流れるようになってから、僕は一応訊いてみた。

「うん」

暗がりの中におじいちゃんはあぐらをかいて座っている。ちょうど、目指す床下収納の蓋の上に腰を下ろしていた。門番みたいだ。

「びっくりした。幽霊かと思った」

おじいちゃんはうんとだけ答えた。僕の方は見ていないのでどうも話を聞いてくれていないような気がする。

「何しているの」

「何も。ただ座ってるよ」おじいちゃんは小さい声でそういった。

「何で座っているの？　そこに」

「何で、おじいちゃんがここにいるのかって訊かれたら、うん、なんていえばいいのかな、そう、おじいちゃんがここにいるからだよ。だからここにいるの」

よく判らなかった。はぐらかされているみたいだ。

「禅問答ってそういうの」

「いや、なんていうか」

「寒くないの？　廊下」

「ないよ」

「そうだ夕飯食べてないよね？」

おじいちゃんは結局昼に続き夜もご飯の時に姿を見せなかった。何をしていたのだろうか。気になったけれど、おじいちゃんはここでもまた「うん」と答えただけで、それきり黙ってしまった。僕も何をいったらいいものかと困った。どうしたものか。

とりわけそうというわけではないけれど、おじいちゃんとは何を話したらいいかいつも少し考えてしまう。僕は紗央里ちゃんとは仲がよかったと思うし、おばあちゃんともよく話した。その二人ほどではないけれど、叔父さんとも叔母さんとも、楽しく話せた。そしてその四人ほどではないけれど、おじいちゃんともそれなりに話していた。嫌いとか、話さないとかそういうわけではない。けれど、順番をつけたら、一番、話さない。

「ねえ」唐突におじいちゃんが口を開いた。

「なあに」

「人ってさ、魂はあると思うか」

「魂？」思いもしなかった言葉が出て戸惑った。そういうのは苦手だ。

「さあ。あるんじゃない」あるも何もという気はした。幽霊って信じる？と以前訊かれた時には幽霊は信じたり疑ったりするものなのかと困ったものだった。

「そうか。何で？」おじいちゃんは顔を上げた。何となく気落ちした顔だった。

「あった方が嬉《うれ》しいから」あるとどう嬉しいのかは判らなかった。

「そうか。じゃあ、魂があるとして、魂ってさ、どこにあるんだろうな人の。死んだらもやもや出てくるあれはどこに入っていたんだろうな」

「どこ？　場所？」

おじいちゃんは頷《うなず》く。僕は少し考えてみた。

「頭か、心臓の辺り？かな」

「何でよ」

「何でだろう。イメージ的に？　頭も心臓も取れたら死んじゃうからじゃない？」

「手とか足とかじゃないのか」

「全身にくまなくあるのかもね。でも足だけとか耳だけとかにあるって気はしないかなあ何となく。見たことないから判んないや」

「おばあちゃんにもさ、魂はあったと思うか」

そこに来て僕はようやく、おじいちゃんはおばあちゃんの話をしていたのかも知れないと思った。

あるいは全然違うのかも知れないけれど、どちらにせよ僕は何と答えたらいいのか判らなかった。

「あったのかなあったんだろうな。おれには見えなかったなあ。見たかったなあ。死ぬの痛かったかな。どう思って死んだんだろ。死んだ後はどう思ったんだろ」

「魂さ。でもやっぱないかもよ。あってもおかしくないとは思うけどさ、だからといってなくてもおかしくないと思うしさ死んだら終わりなのかも知れないし、終わらないのかも知れないけど」

「うんでも、たぶんあるよ」おじいちゃんはまた顔を落としてしまった。「たぶんだけど」

「もう寝るね」僕はいった。とりあえずおばあちゃんの部屋をあさる気にはなれなかった。今日はもうやめておこうかなと思った。「おやすみおじいちゃん」

「うん。おやすみな」おじいちゃんはこちらを向いてそういった。「猫によろしく」

いって軽く笑った。まだ座り続けていた。

「いつまで座ってるの？」と訊《き》いてみた。

「判らないけれど、たぶんそんなにいつまでもは座っていないと思うよ」そうおじいちゃんはいった。「何となくだけどね」

## 15

風呂《ふろ》に入ってからはやることがなかったのでテレビを見た。

やっていたのは、壁に何度も突進し頭を打ちつけて死ぬ男や、コンロの火で顔を洗って死ぬ男が出てくる映画だった。僕はとても怖かった。

見ているのは僕と父さんだけだった。叔母《おば》さんも台所の奥にはいたけれど、僕たちに麦茶をくれると、おやすみなさいとだけいってすぐに上の階へと上がっていってしまった。

その家の人はいないのに泊めてもらう分際でいつまでもテレビに齧《かじ》りついている。それが凄《すご》く厚かましく思えて、申し訳無くて、僕はその時には出来れば見るのを止めて部屋に引き上げたかったけれど、意地の張ったことに続きが気になってしまって、更に、一人で、真っ暗で静かな部屋に帰るのが、不安というか、ありていにいえば怖く思えて、結局父さんの隣で怖いくせに画面に見入っていた。耐え難いほど恐怖だけれどやはりそういうものが好きなのだ。

ありがたいことにいくらもしないでその映画は終わった。

父さんがリモコンで電源を切る。

途端に、世界が切り替わったように、空気中の埃が沈み始めるような、午後十一時台の独特の静寂が立ち上がる。テレビを消して、画面の奥の惨事が終わった瞬間から、こちら側へと恐怖の余韻が流れ込んでくる。風呂に先に入っておいて本当によかったと僕は思った。

空になった厚い硝子のコップを流しに置いてから、そのまま父さんについて部屋へ戻ろうと思っていたら、父さんがトイレにいくといったので、僕は予定外の心細さで、一人で数メートルの暗闇を渡って無人の部屋へ帰った。古い和室だからかドア横にスイッチがない。何者にも触れないことを祈って暗闇を泳いで恐れつつ手を伸ばし蛍光灯の紐を探り当てる。素早く明かりを点《つ》け素早く襖《ふすま》を閉めた。

シーツごとまとめて三つ折りに殺されている掛け布団の上へ座る。

強過ぎず弱くもないさらさらとした雨音が、怖いものの怖さをより煽っていた。それだけで僕の心臓や肺の辺りは焼き切れそうになる。

造りが古い。畳が古い。家具が古い。臭いが古い。壁が古い。天井が古い。襖が古い。この家は古い。どうしてこれほどまでに怖いんだろう。

襖が開いて父さんが入ってきた。そういう時の僕の安心は感動にすら近い。一緒に各々の布団を敷いた。僕は急いで布団の中にくるまった。暗がりに対する防衛、その準備だ。完全に布団にくるまった時に父さんが明かりを消した。父さんも横になった気配がした。

あとは、雨の音以外何も判らなくなった。

さささささささささささささささささささささささささささささささささささささささささささささささささささささささささささささささささささささささささささささささささささささささささささささささささささささささささ。

死ぬんだろうか。もしも今、あのお化けが、幽霊が、殺人鬼が、あの異形の者が襲ってきたら。襲ってくるんだろうか。そういう、あいつらが、例えばここにいるのだったら。いるのだろうか。そういう、ああいう、あれやこれたちは。いるも何もという気持ちは、いてもいなくてもいるからだ。生きた人間の気配なんて微塵《みじん》も感じないのに、いない見えない、ありえないものは、こんなにも強く存在感がする。

暗がりに目が慣れてきた。部屋が浮かび上がってくる。明らかに昼間と表情が違う。今もいるのかな。布団の上に。天井に。襖の少し開いている隙間の向こうに。あの古めかしく陽気な人形の中に。布団と足とのすうすうする隙間に。その闇の中に。

寝る前にホラー映画など、見なければよかった。なんでそんなことをしてしまったのだろう。恐怖でこうなることは判っていた筈《はず》なのに。

薄く見える時計は気付けばもう二時を指していた。丑三《うしみ》つ時《どき》が近いということだけで僕は更に怖くなる。恐怖の連想が始まった。ずうっと前のいつかの昼間に笑いながら読んだ怖い話が次から次へと次から次へと次から次へと挿し絵すら如実に浮かぶ。僕の脳の引き出しはここぞとばかり開かれ続ける。

ああ血塗《ちまみ》れのコックさんを思い出してしまった。もはやすっかりしっかり忘れていたのに。殺されるのに忘れられなければ二十歳までに。タイムリミットまでにあと幾度こういう夜を繰り返すのだろう。そういう度に思い出しては、無理だよ決して忘れることなど。つまり死ぬのか。ただそうなるのではない。きっと惨殺される。混乱に似た絶望感が惨殺への怖さとなって吐き気みたいに内臓を溶かしていく。そう、怖い。ただただ怖い。全てが怖い。理不尽に終わることなく、逃げ場もなくて恐ろしいくらい怖い。理由もないのだろう。怖いから怖い。怖い怖い。気がつけば食いしばる歯とあごは痛かった。勿論《もちろん》ゆるめることなんて不可能だ。今ならギャグ漫画すらサスペリアと化す。

ささささささささささささささささささささささささささささささ。

不意に、枕元にあるズボンのことを思い出した。あれのポケットの中にはティッシュでくるまれた指や歯が入っている。あれらは怖くないんだよなあ。不思議だった。少しはそう、駆り立てられるものを感じるけれども、その『怖さ』は増幅して展開されていったりはしない。

そう、あれはもう終わってしまったもの。そういう感触。あれらには決して、恐怖の産物たちにあるような、『その後』は、ない。そう思えるのだ。

さささささささささささささささささささささささささささささささささささささささささささささささささききさささささささききさささささささささささささささ。

隣にいる父さんは当たり前だけれど眠ってしまっている。

昼の庇護者《ひごしゃ》も今は守ってくれない。何も自分を守ってくれる物はない。お守りの一つも、抱いていられるぬいぐるみの一人もいない。

全く昼間の自分は通用しない。欠片《かけら》も理性を保てない。

声も出ない。恐怖以外考えられない。部屋中全てが恐怖で満ちている。

さささささささささささささささささささささささささささささささささささささちこさささささ。

経験上、布団一枚の中にまで追い詰めたら、恐怖と暗闇は当たり前のように、そこからも僕を引きずり出そうと仕向けてくるのだ。

徐々にだけれど、トイレに行きたくなってきたのだ。

## 16

勿論忘れて眠りに就こうとした。そして勿論就こうとして就ける眠りならば、とっくの昔に落ちているのだ。

闇への籠城《ろうじょう》の終わりが近いことは僕も経験上判った。

用を足しにいって、すぐ帰ってくればいい。帰ってまた布団にくるまり、怯《おび》えながらやがて来る眠りに辿《たど》り着けばいいのだ。何度も通った道だ。

だが、恐怖を渡してくるやつらは本当は存在しない妄想かも知れなくても、生み出して、享受した、その恐怖は本物なのだ。

つくづく笑いごとだと思う。ただそう思って笑ったらきっと直後に僕は死ぬ。パターン的にそうなのを思うと誤魔化して怖さを抜くことも出来ずにじっと恐怖に顔を合わせ続けていた。

死ぬ思いで、出来うる限り静かに、汗ばんだ布団からずるりと抜け出した。

妄想の夜に気付かれないように慎重に足を運ぶ。でも、全身に周囲から視線が注がれているのを感じる。見られていることは確実なそれだ。

あとはただ、あれらが手を出してくるかどうか、それだけ。

襖を開けて玄関前に出た。

しまったと思うことに明かりのスイッチの位置が判らない。どの壁にあったのかは判るのだが、その壁まで手探りでいけるかが判らなかった。しかもその壁はトイレと逆方向だった。

仕方なく、そちらへは向かわずトイレの方へ歩く。手をついて壁沿いに暗がりを進んでいく。

さささささささささささささささささささささささささささささささささ。

雨が近付いてくる気がした。

雨に追いつかれる前にトイレのドアノブが、手に触れた。

きゅい、と音を立ててドアが開いた。薄く臭い四角い闇。

スイッチを押すと、ぱっと明かりと換気扇が点いた。

何もない。誰もいない。普通のトイレだった。よかった。入ってドアを閉めた。鍵《かぎ》も。

磨《す》りガラスの向こうの暗闇は怖かった。

今更のように昨日、風呂場《ふろば》で指を拾って、ここで飲み込みかけて吐いたことを思い出した。

幸いにもやっぱり、そのことには怖さとかそういうものは感じなかった。

水の流れる音は静かな夜中だと異常に大きく聞こえる。

用は足したが僕はオレンジに明るいそこから再び暗闇に出るのが怖かった。水の音が終わってもまだトイレから出られずにいた。トイレ自体も怖い所とは思うけれども。

トイレを出て左手。磨りガラスの戸があって、その向こうは台所だ。入ってすぐに冷蔵庫が左手にあり、右手には電気のスイッチがある。とりあえずそこにいって明かりを点《つ》けよう、と僕は思いついた。

そしてダイニングの明かりを点けて台所のそれを消し、ダイニングから居間へ行って、それから廊下に出て、とやって、部屋へは明るい道を通って帰ろう。それならば幾分楽だ。怖くない。

僕はトイレを出る。暗闇に駆け足で台所へ入る。磨りガラスは開いていた。

電気がまち、まちっ、と音を立てて点いた。

明るい領土を確保して、僕はようやく平静というか、臆病《おくびょう》がやわらいだというか、とにかく、息がつけた。

台所はあまり綺麗ではなくて、照明も古く瞬いていたけれど、僕にはコマーシャルでやっているキッチンのように眩しく思えた。流しの横には皿が少しと包丁や箸《はし》が水切りに立ててあった。夜はまたカップ焼きそばだったので昼に使ったものだろう。

ふと、その、あるんじゃないかと思い立って床下収納を開けてみた。

けれども、カップ焼きそばがたくさん入っているだけだった。特にはなかった。ちょっと余裕が出てくると欲かくなあと僕は思った。それにしてもカップそばだけで収納がだいたい一杯になっている。毎食焼きそばなのも判るような気がしてきた。きっと反対に冷蔵庫は何も入っていないのだろう。

僕は緊張し汗もかいていたので、のどが渇いていることに気付いた。少なくとも麦茶は冷蔵庫に入っている筈だ。さっきも叔母《おば》さんがくれたから。

ぱたん。

という音をその時聞いた気がした。突然の物音に驚いて体がびくんと跳ねた。

階段の、上の方から聞こえた気がした。

僕は気がつけば台所のスイッチを消していた。真っ暗闇が一瞬で廊下の奥から流れ込んできた。さっきまでの暗闇への恐怖を、明かりを消してから思い出したが、耳も気持ちも階段へ向いていた。

スリッパの音だったような気がする。ああいうパタパタした音だ。到着してすぐにたくさん聞いた音だ。もしそうなのだとしたら、当たり前のように叔父《おじ》さんか叔母さんだろう。別に気にする必要はない。隠れる必要もない。だけど反射的に手が動いて息をひそめていた。

動かず、音を立てず、耳を澄ます。が、何の物音もしない。

雨だけがまだ尽きずにひたすらに家を叩《たた》き続けている。

　ささささささささささささささささささささささささささささささささささささささささ
さささささささささささささささささささささささささささささささささささささささささささささささささささささささささささささささささささささささささささささささささささささささささささささささささささささささささささささささささささささささささささささささささささささささささささささささささささささ。

　動かないで何分経っただろう。汗が顔面を流れるのを感じてようやく、ゆるむタイミングを失っていた緊張がほどけた。膝《ひざ》を折って、その場にゆっくりとしゃがみこむ。

　A、音はスリッパではなかった。何かが偶然落ちるか倒れるかしただけ。

　B、音はスリッパだったが特に何というわけでもないトイレか何か。

　C、音はしなかった聞き間違い。

　どれだろうか。叔父さんだったのだろうか。叔母さんだろうか。おじいちゃんは一階で寝ている筈《はず》だし、父さんもいびきをかいていた。もし、二人のどちらかじゃないのならば、泥棒か。

　あるいは、おばあちゃんか紗央里ちゃんかも知れないな、と僕は思った。

　紗央里ちゃん。結局紗央里ちゃんはどこに行ってしまったんだろう。おばあちゃんは、いた。まだ全部は見つかってはいないけれど。叔父さんは、紗央里ちゃんはどこかへいってしまったと、知らないといった。嘘かも知れないけれど、きっとやっぱりこの家にはいないんだろう。生きてか、死んでか。判らないけれど、紗央里ちゃんの隠れるスペースはないし、死体も一人分しか見つからない。足が三本見つかったり目玉が四つ見つかったり、指が六十本あったりも、していない。

指。

僕は、何かが頭に引っかかったような気がした。指？

指があった。おばあちゃんの指。

死体は、一人分しか見つかっていない。本当に？

本当に？

本当に？

自分が頭から爪先《つまさき》まで一気に冷えてゆくのが判った。頭が真っ白になり、しゃがんだ足の裏が痺《しび》れていく。

昨日の夜、風呂場で、腐った指を一本見つけた。

そうともいい切れないけれど、でもそれが最初だった。

その後、おばあちゃんの破片を見つけた。舌などを。いくつか、いくつも。

指を見つけたのは紗央里ちゃんの部屋だった。布の筆箱の中。うっかりぶちまけて、落として、拾って。

何本あったか？　十本あった。

気がする。数えて、ワンセットあるなあと思った覚えがある。

じゃあ、指は全部で？　十一本。一本多い。皿とは逆だ。

おばあちゃんは右手が六本指だったりはしない。うっかり足の指でもない。

もう一人誰かいる。

じゃあ誰？　紗央里ちゃん？

皺《しわ》くちゃのあれが紗央里ちゃんの？

それまで沈黙を守っていた冷蔵庫が突然ぶぶぶぶぶと唸り始めた。

唸り始めたぶぶぶぶぶぶぶぶぶぶぶぶぶぶぶぶぶぶぶぶぶぶと冷蔵庫が。

予定を聞くと一日ずっと台所にいると叔母さんは答えた。

死体を隠した家中のどこでもなくどうして台所にいたのだろう。

この家で唯一食べた焼きそばは床下収納されていた。

きっと冷蔵庫には何も入っていないんだろう。食べられる物は。

じゃあ代わりに、中には何が？

のどに舌が吸着する。

僕は膝で歩いて冷蔵庫に二歩近付いた。その膝立ちのままで、少し頭より高い位置にある冷蔵庫の取っ手を、握った。ばくっという音を立てて磁石が裂かれて扉が開いた。

ひんやりとした冷気が汗ばむ顔に心地よく思えた。

汚れた金色に輝くライトが頭上から降り注いで、闇を消し僕の視界を包んだ。

「ああ」

気がつくと口が動いていた。

「おばあちゃん……」

目が慣れて真っ先に見えたのは顔だった。

一年ぶりの再会、懐かしき祖母のそれであった。

あの、西瓜《すいか》の置くとこあるじゃないですか。透明のプラスチックの棚が二段ほど吹き抜けになっている場所。

そこにおばあちゃんの首が置いてあったんです。

逆さまにして置いてありました。何でだろう。正位置だと切り口から血が滲んで冷蔵庫が汚れるからかな。ところで西瓜は入れれば野菜室に入れるべき？

口は薄開き、髪は非常に短く男の子みたいでしたが、長さは不揃いでぼさぼさでした。

耳はなく眼窩《がんか》は空でした。肌は高いメロンの色みたい。

棚の部分にはたぶん胴体が横にして入れてありました。服は着ていました。見覚えのある懐かしい服です。服の柄からしてどうも一番上の段が上半身で、その下の段が腹から下みたいでした。薄い体が棚に食い込むように詰めてあります。

ドアポケット、牛乳や酒ビン醬油《しょうゆ》を立てる部分には、手と足が立ててありました。肘《ひじ》から先が二本、二の腕が二本、膝から下が二本、股《また》までの腿《もも》が二本。足は足首から先が前に長いので横を向いて立っています。すごい内股な感じ。腿は太い方を下にして、切断面にラップを巻いて立ててありました。汚れないようにかなこれも。手も同じように。手首はだらりとして、恨めしやポーズでした。右手の中指が根元の辺りからなくなっていました。切断面は斜めで、楕円形《だえんけい》でした。あと、透明な黒の麦茶の入ったボトルもそこに立っていました。麦茶はクラスの中の友達のいない子のように、その冷蔵庫の中で一人浮いていて、異様で、だけど毅然《きぜん》と隅っこに立っていました。

ドアの上の方、卵を入れるくぼみがあったのですが、目と耳はそこでした。並んで置いてある目はなんだか寄り目で、耳は福耳でした。おばあちゃんは福耳なのでおばあちゃんの耳だなあと思いました当たり前だけれど。

チルドの磨《す》り扉の向こうはぐっちゃぐちゃしていて何となく赤かったので、内臓な気がしました。そうやって中身を抜いたから胴体は薄めだったのかなと思いました。

それらがオレンジの光に包まれて淡く佇《たたず》んでいました。

腐臭は凄《すご》かったけれどあまりにそれらが眩《まぶ》し過ぎて、僕はだらしなくぼうっと口を開けてただただ釘付《くぎづ》けにおばあちゃんを見上げたまま嘔吐《おうと》していました。あごを伝う流動物すらもどこか遠く、下唇から下だけ二キロ向こうにあるみたいでした。

何分そうしていたんだろ、とにかくピーピーという電子音が告げ口をするように鳴っていることにしばらくしてから気付いて僕は我に返り、あごのぬめりを手で拭《ぬぐ》いながら扉をばたんと閉めました。

冷蔵庫は再びぶぶぶぶぶぶと唸り始める。

暫《しばら》くその音を何も考えず僕は聞いていた。

おばあちゃんだった。そう僕は改めて思った。

紗央里ちゃんがそこにいると思った。だっておばあちゃんはもう二階で既に。

でもおばあちゃんはここにいて。

じゃあ、二階でばら撒《ま》かれていたあの皺くちゃでくたびれた体の持ち主は、一体、誰なのだ。

バタバタバタっと音がして、僕は驚いてそちらを振り向いた。

流しのある右の方からだった。

流し台と浄水器のついた蛇口が見える。蛇口の際に溜《た》まっていた水道水が、崖《がけ》から手を離してしまい、落下して叩いた音だったようだ。

僕は汗が冷えるのを感じながら安堵の息をついて、その時ようやく、台所の明かりが点いていることに気がついた。

水切り台に立ててあった包丁がなくなっていた。

そう僕が思った一秒後に、右を向いていた僕の頭の左側に何かが強く叩きつけられた。

じゅっという音がした気がした。

## 17

「忘れもんない？」

「たぶん」

「よく見たの？」

「うん。バッグ一個だけだし」

「そか」父さんは無頓着そうにそういった。

電話のベルの音が廊下の向こうから聞こえてきた。僕と父さんはお互いの顔を見る。

いくらもしないで部屋の襖《ふすま》が開き、叔母《おば》さんが電話の子機を持って現れた。姉さんからだと告げて父さんに受話器を渡す。どうやら母さんが電話してきたようだ。

三十秒ほど、はい、はい、を繰り返してから、父さんは僕に替わるといった。僕はそうっと受話器を受け取ると右の耳に当てた。

「もう出たかと思ったよ」

母さんの声だった。

「これから出るとこ」と僕は答える。

「元気してた？」

「んん」僕は濁した。

「何その返事は宿題やった？」

「あんまりやってない」全然やっていない。

「なーん……」受話器から呆《あき》れたような声が聞こえた。「帰ったら花火しようと思ってたのに」

「花火」

「お前一人で宿題やってな三人でやるから」

「判った」

何秒か母さんは沈黙した。

「もしもし?」

「元気なのお前」母さんは怪訝《けげん》そうにそう訊《き》いた。うんと僕は嘘をついた。

「お姉ちゃんと替わるからじゃあ」母さんはそういうと遠い声で姉の名を呼んだ。すぐに姉が出た。

「もしもし」

「もしもし」

「もしもし」

「もしもし」

「もしもし」

「もしもし」

「もしもし」

「もしもし」

「もしもし」

「ねえ何」

「勝った」姉がそういった。何となく僕は負けた気がした。

「今から帰るから」

「そう。無事故に気をつけてね」

「どういう意味？」

「別に？」姉は茹だった声を上げた。

そろそろ切るから、と僕は受話器に告げた。

「ねえ」

「何」

「いってたのはどうなったの」

「うん」と僕はいった。

「うんじゃあ判らないよ」

「何か色々あって」

「そう」姉はそっけなくぼそりと呟《つぶや》いた。「判った」

「ねえ」僕は電話の背中を少し撫《な》でる。

「何？」

「叔父《おじ》さんたちってさ、どんな人なのかな」

「今会ってるんだろ」と姉は訝《いぶか》しんだ。

「そうだけど」

「昨日今日の付き合いでなし。そんなことは判らないの？」

「よく知ってた気がしてたんだけど、よく判らなくなった」

「ふうん」という姉の返答。

「何度も会ってるのにたくさん話しているのに、全然判らないんだ、叔父さんがどういう人なのか、叔母さんが何を考えているのか。僕は今までどんな人の甥だったんだろう。叔父さんや叔母さんていうのは一体誰なんだろう。僕が今まで話しかけていた人たちは、親戚じゃない時はどんな人たちなんだろう」

「あれらは前から変だったよ」姉はCDのようにいった。「それなりにね」

「そうなの？」

僕はこれまで叔父さんたちに親しみ以外の何かを感じたことはなかった。とても普通の、大人で、親戚な人への。

「お前は、昨日今日で急に変なんだみたいにいうけど、前から少なからず気持ち悪いとおれは思ってたよ。だってあんな家族」そういって姉は黙った。何があんななのかはよく判らなかった。

「全然今までそんな気はしなかった。考えたことも」

「お前がそうなのは、まだがきだからだよ。家族みたいに思ってたでしょ？　あいつらを。そうでなくても親戚なんて顔は見えても染みも汚れも見えない距離なんだから。でもある程度そういう、遠近感ていうか親近感ていうかが劣化してくると、どういうわけか顔が見えなくなって、逆に汚れや傷がよく判るんだよ。そんな先の話じゃないおれだってずっと前からそうだったと思う。きっとそのうち遠ざかり過ぎて、親戚だ、ってぼんやりな形しか見えなくなるんじゃない」

「じゃあ何で、今まで少しも気付いたりしなかったことが、今年は急に見えるようになったの？」

「そんなの知らないけどさ」姉は面倒くさそうに呟いた。「今年はおばあちゃんもおれも、お母さんも、紗央里ちゃんもいないからじゃあ、ないの？　あんたいつもどちらかというとおばあちゃんや紗央里ちゃんとばっかり話していたでしょう。自覚なかったかも知れないけれどさ、たいていその二人を挟んで他の叔父さんとかと話してなかった？　一対一で長く話したことあった？　団欒《だんらん》とかそういう、他の誰かがいて見ている場ではない所で、演じるでなしにあいつらの何かを受け取ってた？

何かしら誰かしら、間を遮蔽《しゃへい》してくれるものがいたでしょう。今まで。気付かず実は物陰から半身だけ出して、同じく半身の相手に話しかけていただけでしょう。

そういう間に挟むものというか、クッションというか、フィルターというか、がなくなったからとかじゃない。相手の全身が見えたのは。よくも悪くも」

「よく判らん」

「まあいいよ。面白い話じゃないし。じゃあね」

「うん」

子機を充電器に戻してくると父さんがいった。

「そろそろいこうか。あんま遅くなると混んでくるから道」

「うん」

僕と父さんはそれぞれの荷物を持って、寝泊まりしていたその部屋を出た。襖を閉める時ちらりと中を振り返る。同じ家具同じ部屋、だのにあの夜感じた暗がりの生きている面影はどこにもない。壁も天井も、くすんで軋んで、死にきっていた。

僕は動かすとすぐに引っかかる襖を苦労して閉めた。

すこんっ、と小さな音がした。

「じゃあお邪魔しました」玄関先で父さんがいった。

「なーにねそんな」叔母《おば》さんが笑う。

「お世話になりました」僕がいう。

叔母さんは笑ったまま何もいわなかった。

「また来年も来るからその時はよろしく」

「運転気いつけるんだよ。時々休んで無理しないで」と叔父さんがいう。

「判ってるよ」

「あ、これ持ってってよ腹減った時にでも」そういうと叔母さんはラップを巻いたとてもとても大きなおにぎりを一つと、ペットボトルに入った麦茶を父さんに渡した。

「随分でかいね」

「普通の一個じゃ足りないでしょ」

「二個にしてくれればよかったのに。それなら二人で食べれるのに一個じゃ」

「一人で食べればいいんじゃないじゃあ」変わらずへらっと笑って叔母さんがいった。何となく僕は緊張した。

「じゃあ行くよ」父さんはおにぎりを荷物の入っている段ボールの上に載っけて、肩にかばんをたすき掛けてからそれを持ち上げた。段ボールなんかじゃなくてもっと見目のいいものに荷物を入れればいいのにと僕は思った。

「そんな一度に持たなくても何度か往復すればいいじゃない」

「大丈夫だよこれくらい。それに雨まだ降ってたし」

手の塞《ふさ》がっている父さんのために僕は玄関のドアを開けた。

「あれ、止んだね。雨」

空を見て僕はいった。

父さんも上を見上げた。

「帰り際にようやくか」

雨は降っていなかったが外はまだ薄曇りだった。次の台風が既に来ているらしい。風はあるけれどじとじととしていて、早朝でなければ蒸し暑かったろうと思う。

「車まで見送るよ」と叔父さんがいったが、外は濡《ぬ》れてるからと父さんが断った。

再度お邪魔しましたといって、僕たちは叔母さんたちの家を後にした。

腐臭に馴染《なじ》んだ鼻には雨上がりの湿った風が凄《すご》くおいしかった。庭先の父さんの車まで歩いた。来る時にここでずぶ濡れになったことを僕は思い出した。

「あれ鍵《かぎ》開けっ放し」

父さんが車のトランクの取っ手を引きながら呟いた。そういえば着いた時も鍵を閉めるのを忘れていた気がする。

「あの後荷物取り出したじゃん。その時また閉めなかったの？」

「開けるのにキー使わなかったからついまたうっかり忘れてたみたい。雨酷《ひど》くて急いでたし、手え塞がってて尻で閉めたし」

「まあ盗むような物ないけどね」

僕は自分のバッグを放り込もうと後部座席のドアを開けて、中を覗《のぞ》き込み、ちょっと手狭かなと思い直して結局トランクにスポーツバッグを投げ込んだ。

「後ろ見えなくなるよ」

「平気でしょ」

僕は後部座席の左側に座った。父さんもドアを開けて運転席についた。

うちの車は酷く臭い。叔母さんたちの家とはまた違ったベクトルで、時々気持ち悪くなる。

父さんがキーを回すとしゃがれた呻《うめ》き声のようにエンジンが唸《うな》り出す。

「よし出発だ」

父さんはぶぱっ、と短く一回クラクションを鳴らした。叔母さんたちへの挨拶《あいさつ》だろう。

バックで切り返していると勝手口から二人が出てきた。結局外に出てきてしまっている。叔母さんも叔父《おじ》さんも父さんに向けて手を振った。父さんは助手席の窓を開けてじゃあねーと叫ぶ。僕は黙って見ている。

一度だけ叔母さんがこちらを見た。

僕は手を振った。こちらに目をやった叔母さんは驚いたような顔をして、それからすぐに気持ち悪いものを見る目でこちらを睨《にら》んだ。

車が敷地を出るとすぐに二人は見えなくなってしまった。しばらく誰も何もいわなかった。

窓の向こうに林が続く。何度か角を曲がった所で大通りに出る。毎年通っている道だ。僕は懐かしく目に馴染んだパチンコ屋の外装が後ろへ流れていくのを名残惜しく思った。

窓ガラスに頭を預けようとして、焼けるような痛みに慌てて頭を跳ね起こした。耳の切り口が恐ろしく暴れている。僕は声を上げそうになりながら、包帯の上から刺激しない程度にそっと手を重ねて痛みに耐えた。

あの夜叔母さんに包丁を叩《たた》きつけられたため、僕の左のもみあげから耳の後ろの辺りまでは、一直線に肉が剝き出されていた。外耳はだいたい上の半分がもげてしまったためなくなっていた。その場はたぶん失神してしまって何も覚えておらず、何時間かして我に返ってから取れた耳を探して這いずり回ったけれどどこにも見つからなかった。

それどころか枕元に置いてあったズボンもなくなっていた。ポケットに入っていた歯や指ごと。

耳は父さんが手当てしてくれた。特に何も訊《き》かれなかった。

あとは掌に針で突いたような穴が無数に開いていたけれどこれも身に覚えがなかった。たぶん失神している間の出来事だろう。爪も全部なくなっていたけれどこれも同様だ。

髪もだいぶ薄くなっていた。抜けたのではなく抜かれたものだ。叔母さんが大声で叫びながら僕の髪を毟り取っている最中に目が覚めたので、それは覚えている。瞼が腫れ上がって何も見えなかったし耳もなかったけれど、頭の中に反響するぶつぶつぶつという毛根が何百本も一斉に引き抜かれる音はよく聞こえた。

首筋を何かが流れた。触ってみると血だった。耳をぶつけた時にまた出血したのだろう。座席に置いてあるティッシュ箱から三枚抜き取ると首に当てた。

気がついたら高速道路に入るところだった。父さんが券を苦労して取り、窓を閉めながら車を発進させた。

「シートベルトしなよ」

父さんがそういうので従った。カチッカチッとベルトを締める音が車内に気持ちよく鳴った。

灰色の多い風景と低音の地響きが単調に続いていた。

僕の家までだいたい七時間。

「おじいちゃん見送りに来なかったな」父さんがいった。当たり前だけれど前を向いたまま だ。

「うん」

「去年は五人総出だったし、うちも四人だったから、なんか今年の出発は静かだったなあ。こぢんまりっていうか」

思い出したように僕は、家で母さんと姉が待っているんだなと思った。そして叔母さんの家はもう三人きりなんだな、と思った。

改めて思った。

「そういえば父さん」

「なあに忘れ物?」

「おばあちゃんが風邪で」風邪で。「その、なんていうか」

「うん?」

「おばあちゃんのことについて、叔父さんか叔母《おば》さんに何か訊かなかったの?」

「何かって？」

「電話で適当に説明されただけでしょ」

「ファックスも来たけど」

「来ただけでしょ。何かもっと訊いたりはしなかったの顔を合わせたんだから」

「ううんああ、しなかったなあ。忘れていたというか」

「色々話したりもしてたじゃない」

「酒飲んで馬鹿話してただけだよ」

「楽しかった？」

「うん。すっかり忘れてた。ごめん」

「思い出したりもなかったの？」

父さんは少し考えてから、小さい声でうんといった。

「死んだっていわれた時は声も荒げていたのに」

「そうだっけ。でも、薄れるよそういうのは。時間も経った」

「薄れれば気にもならない」

「うん」喉《のど》だけでの生返事だった。

「じゃあ紗央里ちゃんは？」

「紗央里ちゃん？」

「いなかったじゃん」

返事はなかった。

「おかしかったよね。紗央里ちゃんいないし、叔母さんは血塗《ちまみ》れだったし、臭いし焼きそばしか出てこなかったし」

「おいしかったね」

「うん」おいしかった。「何も思わなかったの？　何も訊かなかったの？　何も気にならなかったの？　何も心配じゃなかったの？　何も不安じゃなかったの？

おばあちゃんが死んだ時、何も思わなかったの？　何があったかわけも判らず、怖くなかったの？　後悔とかは？

叔母さんも叔父さんもおじいちゃんも、何かがどこもがおかしくて、何も怖くはなかったの？　何も悲しくはなかったの？

僕がこんなで耳もないのに、何で何も訊かなかったの？　何も気にならなかったの？

それともやっぱりこんなの毎年のこと？　本当に毎年いつも、叔母さんたちはああだったの？

もしもそうなら父さんは、毎年何を考えていたの？

そうじゃないなら、あの時父さん、一体何を考えていたの？」

父さんは黙ったままだった。煉瓦《れんが》を引き摺《ず》って歩いているような、ごりごりっとした走行音がずうっと響き続けていた。

「ねえ」僕は強い口調でいった。「聞けよ」

恐ろしく疲れたような、いらついたような舌打ちをしてから、父さんは唾を吐くような嫌悪感のある溜《た》め息をついた。

それを聞いて僕はしまったと思った。

僕は父さんの舌打ちが凄《すご》く怖かった。それは父さんの、怒っているしるしであり、それを聞いた後は決まって殴られた記憶しかなかったからだ。いい過ぎたかと思い僕は酷《ひど》く萎縮した。

急に周囲の景色の流れがゆるくなった。地響きも小さくなっていく。車が減速しているのだ。
0、50、100。
車間距離の確認標識を実践するかのように、車はゼロから減速し、丁度百メートルの看板の下で止まってしまった。止まるとエンジンを切ってキーも抜いてしまった。

既に街から離れて山の中に来ていた。もともと山の近い街だ。霧も薄く出ていて見通しが悪い。この時間、毎年帰りの道で霧に遭うのでいつものことではある。

僕は後続の車に追突されやしないかと振り返った。時間が時間なのでか、幸い前にも後ろにも車はなかった。視界は悪いので後ろから突っ込んでこられたらぶつかるかも知れないなと思うと僕は怖くなった。

「何で止まるのどうしたの」

「おれさあ」父さんが口を開いた。僕に向かって、自分のことをおれといった。びくっ、とした。普段は「父さん」と、そう自分のことを呼んでいるのに。

「おれさあ……凄いさあ……どおおおおおおおおでもいいんだよね……そういうの……本当さあ」

前を向いてハンドルを強く握ったまま、父さんは喋《しゃべ》った。

「全然さあどうでもいいんだよね……。人のことっていうかさ……何でそんなに気にしなきゃいけないのかさっぱり判らないんだよ。

そりゃ一応さ、少しは気になるしさ、そりゃあ気にしたりはするよ。半分はふりだけれど。でもさ、本当に少ししかさ、気にならないのにさそういうこと。何故気にしなきゃいけないんだろう？　無理だよそんなの。嘘じゃない、完ぺきに。ちっともどうでもいいよ。

母さんはそりゃいつの間にか死んでたよ。おれはその間辛いこともあったけれど、何でもなく変わらず生きていたよ。だから、ちょっと、あの時は後悔というかしまったかなと思ったよそりゃあ。でもさ、そんなことはどうでもいいっちゃあどうでもいいことじゃないか。そんなのは知らなかったことじゃん。そういういい方はいやだけれど。母さんももう骨だし。骨に親不孝もないじゃん結局は。

お前は後悔した？　おばあちゃんが死んでたと知った時。

その後思わなかった？　その実どうでもいいことじゃんそんなのって。

そう一度思ったらさ、もう欠片《かけら》もどうでもよくなっちゃうよ。どう死んでようが死んじゃったじゃん。

実は生きてたりするんなら気にするよ？　でも骨をいちいち気にするのは、面倒くさくて仕方がないよ。

紗央里ちゃんも、血も、お前も、凄いどうでもいいんだよ。人のことじゃん。誰かの耳がなくてもさ。おれは痛くないじゃん。実際。

でも息子にそういうのはさすがに、酷いとは思うからさ、手当てはしたじゃん。してやったじゃん。でもそれから、何がどうとか、そういうことは、一つも何とも思えないんだよ」

父さんは思いっきりハンドルを叩《たた》き出した。どむっ、と弾力のある鈍い音が跳ね返る。

何度も何度も激しく右の掌底を打ちつけ続ける。ぶっぽー、ぶっぽー、とクラクションが何度も、何度も、静かな高速に響く。

「何でだ？　何でそういうことを気にしなきゃあいけないの？　どうでもいいじゃん！　おれが何をした？　何もしてないじゃん。何か関係ある？　ないじゃんちっとも。おれの子だけど、妹だけど姪《めい》だけど、そんなことはでもさ、それだけといえばそれだけじゃあないの？　そんなに大事とどうしても思えないんだよ。何でだ？　そういうことの何が大事なの？　おれがおかしいの？　ねえ何で？」

　ぶっぽぶぽーぶっぽーぽーぱあああああああああああああ。ぶっぽー。ぶぽー。ぶっぽー。ぶっぽー。ぶっぽー。ぶっぽー。ぶっぽぶぽぶっぽー。

「おれがおかしいの？　そういうことを何とも思わないおれの方が気持ち悪いの？　どうでもいいと思うそのことはそんなにおかしいの？　普通はそういうことは気になるの？　親が家族が死んだり壊れたり親戚《しんせき》がおかしかったり。判るけどそんなに怖いの？　何か悲しいの？　それが普通なの？　そうならじゃあ、何でおれはそういうことを何とも思わないの？　何でおれだけ親が死んでもお前がどうなっても何とも思わないの？　何でおれはこんな。ずるいんだよお前ら全部。おれが悪くておれがおかしいの？　どうしておれだけなの？　何でおれはこんな最低なの？　おれは何でこんなに何も感じないの？　自分が死ぬと思うと怖いよ？　大事なレコードが割れるかと思うと恐ろしくて堪らなくなるよ。でもさ今お前が死んでもたぶんそこまで悲しくはないよ？　ごめんよ？　でもお前が死ぬ想像は少しもおれの喪失感を駆り立てたりはしないよ？　何でおれはそうなの自分でも最低だと思うよ。自分のそういうのが怖いよ。自分がつまりそういう目でおかしいやつだと見られると思うと、恐ろしくて堪らないよ。そういうことだよ。最低でしょ？　何でおれはこうなの？　ねえ？　どうすればいいの？　おれは誰にも疑われたくないよ。おれも悲しみたいよ。どうすればいいの？　それが普通ならおれも普通でいたいよ。何でおれはこうなの？　何でおれはこうなの？　ねえ？」

背後から近付いてきた背の低いグレイの車が、悲鳴のようなクラクションを鳴らしながら凄《すさ》まじい反応でハンドルを切り、追い越し車線にかわして通り過ぎていった。

風の速度で轟音が通り過ぎると、霧の中は何の音もしなくなった。いつの間にか父さんはハンドルから手を離してうずくまっていた。

んんっと呻《うめ》いたかと思うと背中が震えて、どうやら父さんはげろげろと吐いたようだった。びちゃびちゃした音とつんとする臭いが車内に満ちて、僕はもらいそうになった。でもドアは開けなかった。ずるいような気がしたからだ。

誰も何もいわない。

外はまだ霧、薄曇り。

「ごめんね。大丈夫？」父さんがいう。

「僕は平気」

「私も。伯父《おじ》さんこそ平気？」

「もう平気」

父さんはぐったりした顔で、決まりが悪そうに足元の吐瀉物《としゃぶつ》を眺めた。

ずっと声を掛けづらかったのだけれど、あちらが口を開いたので、僕は話しかけてみた。

「ねえところでいつから乗ってたの？」

僕は後部座席の右隣に座っている従姉《いとこ》の方を向いて尋ねた。

「紗央里ちゃん」

18

紗央里ちゃんもこっちを向いて答える。

「二人が来た日からだよ。二人が、荷物を運び出してからずっと」

「そんなに前から？」僕は少し驚いた。

「外にいたんだよ私あの時。物陰に。二人とも濡《ぬ》れるから急いでいて周りとか見ていなかったみたいだったけど。雨で見えにくかったろうしね。で、二人とも家の中に入っちゃったから車に近付いてさ、鍵《かぎ》開いてたから寒かったし勝手に入っちゃった」

「これ幸いと」僕が訊《き》いた。

「これ幸いと」紗央里ちゃんは頷《うなず》いた。

父さんが運転席のドアを開けて外に出た。それから吐瀉物が載っかっている足元のシートを、こぼさないように平行に保って持ち上げて、路肩に棄てにいった。今車が来たらどうしようと思ったけれどその実危ないのはさっきから変わらないなと思い直した。

「三日もここでこうしてたから、腰が凄《すご》く痛いよ。エコノミーにもなったかも」

「エコノミー？」

「症候群」

「ふうん」よく知らなかったので曖昧《あいまい》な声を出しておいた。

「うん」

「食べる物とかどうしてたの？」僕は気になったので訊いてみた。

「何も食べてないよ。家でもここ最近殆《ほとん》ど食べてなかったから正直きつい。山は越えちゃったけどね」

「トイレは」

「食べてないから、あんまり。家出る前にしてきたし」紗央里ちゃんは何となく眠たそうだった。具合が悪かったのかも知れない。

父さんが戻ってきた。再び座席につくと溜《た》め息をついた。

「ねえ、そろそろ走らない？」僕は様子を窺《うかが》いながら伺いを立てた。

「うん」父さんは頷いてくれた。よかった。

エンジンが再び唸《うな》って車は僕の家へ向けて走り出す。小さい声で父さんがごめんねといった。

僕は思い立ったので父さんに、「紗央里ちゃんにあのおにぎりあげてよ」と頼んだ。「しばらく何も食べてないんだって」

「お前がいいならいいよ」父さんは力がないけど軽い口調でいった。「食欲ないし父さん今」

僕が助手席にあったおにぎりと麦茶を渡すと紗央里ちゃんはありがとういって静かに食べ始める。とても大きいおにぎりだったので食べきるまでかなりの時間がかかった。その間僕も父さんも何となく無言だった。

「ごちそうさまです」紗央里ちゃんがからからになったラップを畳みながらいった。

「作ったのお母さんだよ」父さんが答えた。

「へえ。久し振りに食べたあん人の作ったもの」紗央里ちゃんは少し早口でそう呟《つぶや》く。畳んだラップをどうしようか迷っていたので僕が受け取って、爪のない指が触れないように気をつけて、溢《あふ》れそうなごみ箱に突っ込んだ。

「ちゃんと食い物出た？　あの家で」紗央里ちゃんが訊いてきた。

「うん」一応は。

紗央里ちゃんは窓の向こうの田んぼを眺めながらそっか、と小さく呟いた。霧が晴れてきた。雲の向こうの太陽も高くなり始めている。

「ねえ」僕は訊いてみることにした。

「なあに」

「何があったの？　紗央里ちゃんたち。叔母さんたち」

「いいたくない」紗央里ちゃんは小さく拒絶した。その後「あまり」と付け足した。僕は予想していたような、何故か酷《ひど》く傷ついたような、いわなければよかったような。

「音楽掛けようか」父さんが誰にともなくいった。

他に返事を返す人がいなかったので、少しタイミングは遅れていたけれど、「いいね」と僕がいった。

でも父さんは、いったきりで何も掛けなかった。

無言のうちに、パーキングエリアが二つ、インターチェンジが一つ、通り過ぎていった。

そうしていると腫れた目に泪が溜まってきた。

ティッシュを当てて吸い取ると、目やにが糸を引いてついてきた。

「そういえば顔とか、どうしたのか訊いてもいい？」紗央里ちゃんがいった。

「なんていえばいいか、たぶんなんだけど、叔母さん」僕は考えるのも面倒くさかったので、何も考えずにいっていた。告げ口のようでいってから少しいやな気持ちになった。

「何があったの？」

その時になってから凄く困ったのだけれども少し遅かった。嘘をつくのも何もいわないのも、あったことを話すのも、同じくらい気が引けた。

だから、あったことをそのままにだらだらと話した。

思いつくままに考えず話していたので恐ろしく長くなった。

聞き終えてから紗央里ちゃんは訊いてきた。

「ばらして隠したの？　死体を」

「うん」

「あん人たちの考えることが判んないなあ。面倒くさいだけじゃんそんなの」

「そうかな」

「普通に押し入れにでも放り込めばいいじゃない」

「見つかりにくくしたかったんじゃない？」

「理由になってるの？　それ。そのままじゃうまく隠せない、じゃあ隠しやすいように細かくしよう、それであちこちにって、わざわざ手間隙掛けて家族刻んで？　そのままの方がよっぽど扱いやすいじゃん」

「先にばらばらにしちゃってたんじゃないかな。それで、どうしようか迷って、どうせばらばらなら別々に隠した方が、みたいな」

「何でさっきから肩持ってるのあいつらの」

　何でだろう。

「二日目の夜に殴られたの？」

「うん」僕は頷いた。

「おかしいじゃん」紗央里ちゃんが不思議そうにいう。「二人が来てから今日は四日目だよ。三泊、したんでしょ？」

の？」

「うん」

「じゃあ三日目は？　もしかして、ずっと、そんなにされてから丸一日、あの家にいたの？」

「うん」

「何で？　どうして平然と泊まってるの？」

「三泊の予定だったから」

「予定なら自分をそんなにした人の家で一日過ごすの？　一体何を話すの？」

「何も話さなかった」

本当に叔母さんとも叔父《おじ》さんとも口をきかなかった。話しかけたのだけれど無視されるだけだった。

それと、三日目は僕には食べ物も出なかった。

突然の叔母さんたちのその態度は僕を酷く混乱させた。どうしようもなく相手をしてもらいたくて堪《たま》らなかった僕は叔母さんに話しかけ続け縋《すが》ったのだけれど、そういう時は思いっきり蹴《け》られた。

「君も結局、何をしたかったの？　なんでわざわざ隠しているものを探し回って、最終的にそんな顔になって。意味がよく判んないよ。いいじゃないいほっとけば。指を見つけちゃったならそれだけで」

「じゃあ何で叔母さんたちは隠したの？」

「何を？」紗央里ちゃんは訝《いぶか》しんだ。

「おばあちゃんを」

「見つけて欲しくなかったんじゃない？」軽くそう答えた。本当に人ごとみたいだなと僕は思った。

「僕に？」

「たぶん、二人に」

「何で見つけて欲しくなかったの？」

「何でって。うまくいえないけど、新しくその、そのことを知る人を増やしたくなかったんじゃない？　というか、誰かにばれたら、まずいよな、みたいな」

「まずいから僕は殴られたの？　僕にばれたから殴ったの？」

「そうだろうね」

「叔父さんは？　叔父さんだって知ってるじゃない。紗央里ちゃんだって」

「だから私は逃げたんだし。父さんは、立場が違うでしょう。あの人が」そういって紗央里ちゃんは一度口をつぐんだ。「あの人もしたんだよ」

「何を」

沈黙。

「じゃあ僕と叔父さんが、立場が逆だったら？　何も関わりない叔父さんが家に帰ってきて、それを知ったらまずいの？」

「場合によりけりじゃない」

「僕と叔父さんとで何が違うの？」

「家族」紗央里ちゃんは即答する。

「僕は親戚《しんせき》？」

「そう」

「親戚じゃ駄目なの？」

「判らないよ。どれも、場合によるよ。綺麗《きれい》ないい方判らないけど、どこまでがこっち側か、どこまでが外側かってことだよ」

「僕は外側だったの？　何でなの？　僕は、自分が内側だとずっと。だって叔母さんも叔父さんもおばあちゃんもおじいちゃんも紗央里ちゃんもこんなによく知っているのに。離れている時は何も感じないほど途切れてしまうのに、不意に会うだけでこんなにも当たり前のようにいられて、どんな友達でも距離と時間は全部台無しにしてしまうのに、夢みたいに近いままでいられる紗央里ちゃんは叔父さんは叔母さんはおばあちゃんは、つまり僕は内側だと。なのに叔母さんも叔父さんも変わってしまって、あんなに手で触れる距離にいたのに、変わってしまって、紗央里ちゃんもいなくて、何があったのかなんて誰も教えちゃくれない。何で自分が仲間外れにされているのかさっぱり判らなかったよ。何で話してくれないのか。近過ぎて何もなかった筈《はず》なのに。一緒に風呂《ふろ》にも入るのに。でもまだ僕はそれでも自分は内側だから、今のこれは、一体何なのか。知る権利があると思ったんだよ。知らないことは知って、隠しているものは見つけても許されるんだと思ったんだよ。警察にいえなくても僕にはいいのに違いないと。何で近付いたら蹴られたのかさっぱり判らなかったんだよ。僕は叔母さんたちの、紗央里ちゃんの内側じゃなかったの？　何で僕は外側なの？」

　僕は悲しくも痛くもないのに泪《なみだ》が止まらなかった。

　父さんが一度小さくえずいた。

　道路に継ぎ目でもあるのか、車はがたんがたんと規則的に跳ねる。

　紗央里ちゃんは黙って僕の声を聞いていた。

　そうして、しばらくしてから、ゆっくり口を開いた。

「でも私は、家族だけど、あの家にいたら自分は死ぬんじゃないかなって、だから出てきたよ。あの日朝私が起きた時にはおばあちゃんは死んでたよ。もうその何ヶ月も前からおばあちゃんもおじいちゃんもまだ生きてるのかってくらいぼろぼろだったんだよ。何で生きてるのかが心底不思議だったけど、謎が解けるように死んだんじゃなく、母さんと父さんで最後にしたんだと思う。おじいちゃんが死んでも次は私ではないだろうなとは思ったけど、そういう意味でなく、でも自分は殺されるなと思ったから家を出たんだよ。

なのにお前はこうやって、それだけ散々やらかしても、生きて出てきたじゃない。殴られたけれど包丁で。私だったら死んでたかも。おばあちゃんは死んだしおじいちゃんだって」

目やにも止まらなくなった。放っておくと睫毛《まつげ》がくっついて痛いことになるから腫れが引くまでは気をつけようと僕は思い、ティッシュを一枚取って目に当てた。

「何でお前だけそんなですんだの？　おじいちゃんもおばあちゃんも、私だって家族なのに。お前だけ。お前が実は内側だったから？　それともお前が外側だったから生きてるの？　じゃあおばあちゃんもおじいちゃんも内側だったから、されたの？」

自分の目で手一杯だったので、紗央里ちゃんがどんな顔をしているのかは見えなかった。耳も普通ではなかったけれど、紗央里ちゃんの声が幾分低くなっているのは判った。

正直目やにに気が向いていて、紗央里ちゃんの話をしっかりと聞いてはいなかったのだけれど。

　また僕たちは沈黙した。誰も何もいわなかった。

　車だけが場を和ませようとするかのように低い声で喋《しゃべ》り続けている。逆に周りの景色は関わり合いになりたくないらしく、そそくさと静かに通り過ぎていく。

　父さんが思い出したように、テープをオーディオに入れて再生ボタンを押した。

　劣化したイントロが流れ始める。

　誰の曲かは判らなかったけれど、とにかく古いもので、日本語の歌詞で、明るい唄《うた》なんだということは判った。

　何曲終わっても、明るい唄しか流れなかった。唄ってる人たちはなんだか楽しそうだと僕は思った。

　僕は誰ともなしに呟《つぶや》いていた。

「おばあちゃんは冷蔵庫に入ってたけど、じゃあ、あちこちに隠してあった細かいのは一体誰だったんだろう。紗央里ちゃんはここにいるし」

「それはたぶんおじいちゃんだよ。たぶん私が出た後、父さんたちにされたと思うから」

　紗央里ちゃんが何にもなかったみたいに答えた。

「それはおかしいと思うよ。僕も父さんもおじいちゃんと話したよ。来た時。それにその後しばらく見かけなかったけど、僕色々見つけてから五体満足なおじいちゃんと夜に会ったよ」

「それは気のせいだよ。おじいちゃんもすぐ殺されたと思うよ。もしくは幽霊じゃない」

空はまだ曇り、車の数は多くなってきたけれど道はスムーズに流れている。

まだまだ僕の家は遠い。

「叔母《おば》さんと仲直り出来ないかなあ」僕は呟く。

「したいの？」紗央里ちゃんが不思議そうに訊《き》いてきた。

「無理にではないけれど。僕が今まで思っていたようなものはもう、どこにもないとは思うけど、でもまだ、どうしようもないほど完全に台無しじゃあないんじゃあないかって。無理かなあ。帰りがけも叔母さん睨《にら》んでたしなあ。怖いなあ。でも時間が経てば許してくれるんじゃ少しくらいは」

「あの時睨んでたのは私が乗ってるのに気付いて驚いてたんだよ」紗央里ちゃんはいった。

そうなのだろうか。

「紗央里ちゃんはこれからどうするの？」

紗央里ちゃんはそのことを考えていなかったらしく、言葉に詰まってから「どうしようかなあ」とぼやいた。

「うちに泊まる?」父さんがいった。

「じゃあお願いします」紗央里ちゃんは深く考えずに頭を下げた。

「留守番組は驚くだろうな」と僕はいって笑った。

「でもそんなにずっとお世話になれないから、そのうちたぶん帰るよ家に」

「どうして?」僕は、実は疑問に思ったわけじゃないけれども、一応訊いてみた。

「だって帰るしかないじゃない。どうなるにしても、何も変わらないにしても、結局それしかないよね。子供だし。でもすぐにはいやだなあ。どうしようかな。死のうかな」

「そう」嘘だと思ったので僕は生返事で返した。

この先どうかは判らないけれど、少なくとも今は、それは嘘だ。

紗央里ちゃんは眠気の波が来たのか、大きなあくびを嚙み殺した。そして、自分がしているシートベルトを摑《つか》むと、勢いよく引っ張った。

がん、という硬質な音がして、ベルトが固定されて止まった。

戻しては素早く引く。何度も何度もベルトはロックされ、音を立てて止まる。

紗央里ちゃんでもそういうことをするんだなと思った僕は窓の向こうを見ながら眠かったら寝ちゃいなよと紗央里ちゃんにいった。

一瞬雲の切れ間から陽射しが覗《のぞ》いたけれどすぐに隠れた。

家に着く頃には晴れるだろう。きっと酷《ひど》く暑い筈だ。

僕も眠くなってきたので寝てしまおうと思う。

車は臭いが心地がよくて、窓の向こうは薄曇り、単調に響く地響きの中、僕の家まであと四時間。

＊

それ以来紗央里ちゃんの家にはいっていない。

本書は、二〇〇六年十月に小社より刊行
された単行本を文庫化したものです。

紗央里《さおり》ちゃんの家《いえ》
矢部《やべ》　嵩《たかし》

角川ホラー文庫　15343

平成20年9月25日　初版発行
令和7年3月5日　11版発行

発行者——山下直久
発　行——株式会社KADOKAWA
〒102-8177　東京都千代田区富士見2-13-3
電話 0570-002-301（ナビダイヤル）
印刷所——株式会社KADOKAWA
製本所——株式会社KADOKAWA
装幀者——田島照久

本書の無断複製（コピー、スキャン、デジタル化等）並びに無断複製物の譲渡および配信は、著作権法上での例外を除き禁じられています。また、本書を代行業者等の第三者に依頼して複製する行為は、たとえ個人や家庭内での利用であっても一切認められておりません。

定価はカバーに表示してあります。

●お問い合わせ
https://www.kadokawa.co.jp/（「お問い合わせ」へお進みください）
※内容によっては、お答えできない場合があります。
※サポートは日本国内のみとさせていただきます。
※Japanese text only

©Takashi YABE 2006　Printed in Japan

ISBN978-4-04-390101-2　C0193

# 角川文庫発刊に際して

角川源義

第二次世界大戦の敗北は、軍事力の敗北であった以上に、私たちの若い文化力の敗退であった。私たちの文化が戦争に対して如何に無力であり、単なるあだ花に過ぎなかったかを、私たちは身を以て体験し痛感した。西洋近代文化の摂取にとって、明治以後八十年の歳月は決して短かすぎたとは言えない。にもかかわらず、近代文化の伝統を確立し、自由な批判と柔軟な良識に富む文化層として自らを形成することに私たちは失敗して来た。そしてこれは、各層への文化の普及滲透を任務とする出版人の責任でもあった。

一九四五年以来、私たちは再び振出しに戻り、第一歩から踏み出すことを余儀なくされた。これは大きな不幸ではあるが、反面、これまでの混沌・未熟・歪曲の中にあった我が国の文化に秩序と確たる基礎を齎らすためには絶好の機会でもある。角川書店は、このような祖国の文化的危機にあたり、微力をも顧みず再建の礎石たるべき抱負と決意とをもって出発したが、ここに創立以来の念願を果すべく角川文庫を発刊する。これまで刊行されたあらゆる全集叢書文庫類の長所と短所とを検討し、古今東西の不朽の典籍を、良心的編集のもとに、廉価に、そして書架にふさわしい美本として、多くのひとびとに提供しようとする。しかし私たちは徒らに百科全書的な知識のジレッタントを作ることを目的とせず、あくまで祖国の文化に秩序と再建への道を示し、この文庫を角川書店の栄ある事業として、今後永久に継続発展せしめ、学芸と教養との殿堂として大成せんことを期したい。多くの読書子の愛情ある忠言と支持とによって、この希望と抱負とを完遂せしめられんことを願う。

一九四九年五月三日

# 保健室登校

矢部　嵩

## こんな学校行きたくないな。

とある中学校に転入した少女。新しい級友たちは皆、間近に迫るクラス旅行に夢中で転入生には見向きもしない。女子グループが彼女も旅行に誘おうとすると、断固反対する者が現れて、クラスを二分する大議論に発展。だが、旅行当日の朝、転入生が目の当たりにした衝撃の光景とは――！　19歳で作家デビューを果たした異能の新鋭が、ごく平凡な学校生活を次々に異世界へと変えていく。気持ち悪さが癖になる、問題作揃いの短編集。

角川ホラー文庫

ISBN 978-4-04-390102-9

魔女の子供はやってこない

矢部嵩

**鬼才がはなつ、世紀の問題作!!**

小学生の夏子はある日「六〇六号室まで届けてください。お礼します。魔女」と書かれたへんてこなステッキを拾う。半信半疑で友達5人と部屋を訪ねるが、調子外れな魔女の暴走と勘違いで、あっさり2人が銃殺&毒殺されてしまい、夏子達はパニック状態に。反省したらしい魔女は、お詫びに「魔法で生き返してあげる」と提案するが――。日常が歪み、世界が反転する。夏子と魔女が繰り広げる、吐くほどキュートな暗黒系童話。

角川ホラー文庫

ISBN 978-4-04-101147-8

# 祭火小夜の後悔

**秋竹サラダ**

## 「その怪異、私は知っています」

毎晩夢に現れ、少しずつ近づいてくる巨大な虫。この虫に憑かれ眠れなくなっていた男子高校生の浅井《あさい》は、見知らぬ女子生徒の祭火《まつりび》から解決法を教えられる。幼い頃に「しげとら」と取引し、取り立てに怯える糸川葵《いとかわあおい》も、同級生の祭火に、ある言葉をかけられて——怪異に直面した人の前に現れ、助言をくれる少女・祭火小夜《さや》。彼女の抱える誰にも言えない秘密とは？ 新しい「怖さ」が鮮烈な、第25回日本ホラー小説大賞&読者賞W《ダブル》受賞作。

**角川ホラー文庫**

ISBN 978-4-04-109132-6

# 牛家《うしいえ》

岩城裕明

## ゴミ屋敷は現代のお化け屋敷だ！

ゴミ屋敷にはなんでもあるんだよ。ゴミ屋敷なめんな――特殊清掃員の俺は、ある一軒家の清掃をすることに。期間は2日。しかし、ゴミで溢れる屋内では、いてはならないモノが出現したり、掃除したはずが一晩で元に戻っていたり。しかも家では、病んだ妻が、赤子のビニール人形を食卓に並べる。これは夢か現実か――表題作ほか、狂おしいほど純粋な親子愛を切なく描く「瓶人《かめびと》」を収録した、衝撃の日本ホラー小説大賞佳作！

角川ホラー文庫

ISBN 978-4-04-102162-0

# 記憶屋

織守きょうや

**消したい記憶は、ありますか——?**

大学生の遼一は、想いを寄せる先輩・杏子の夜道恐怖症を一緒に治そうとしていた。だが杏子は、忘れたい記憶を消してくれるという都市伝説の怪人「記憶屋」を探しに行き、トラウマと共に遼一のことも忘れてしまう。記憶屋など存在しないと思う遼一。しかし他にも不自然に記憶を失った人がいると知り、真相を探り始めるが……。記憶を消すことは悪なのか正義なのか? 泣けるほど切ない、第22回日本ホラー小説大賞・読者賞受賞作。

角川ホラー文庫

ISBN 978-4-04-103554-2

# 夜葬

最東対地

**読み出すと止まらない怖さ！**

ある山間の寒村に伝わる風習。この村では、死者からくりぬいた顔を地蔵にはめ込んで弔う。くりぬかれた穴には白米を盛り、親族で食べわけるという。この事から、顔を抜かれた死者は【どんぶりさん】と呼ばれた――。スマホにメッセージが届けば、もう逃れられない。【どんぶりさん】があなたの顔をくりぬきにやってくる。脳髄をかき回されるような恐怖を覚える、ノンストップホラー。第23回日本ホラー小説大賞・読者賞受賞作！

角川ホラー文庫

ISBN 978-4-04-104904-4

# ぼぎわんが、来る

澤村伊智

## 空前絶後のノンストップ・ホラー！

“あれ”が来たら、絶対に答えたり、入れたりしてはいかん——。幸せな新婚生活を送る田原秀樹の会社に、とある来訪者があった。それ以降、秀樹の周囲で起こる部下の原因不明の怪我や不気味な電話などの怪異。一連の事象は亡き祖父が恐れた“ぼぎわん”という化け物の仕業なのか。愛する家族を守るため、秀樹は比嘉真琴という女性霊能者を頼るが……⁉　全選考委員が大絶賛！　第22回日本ホラー小説大賞〈大賞〉受賞作。

角川ホラー文庫

ISBN 978-4-04-106429-0

# お孵《かえ》り

## 滝川さり

**生まれ変わり伝説の村で、惨劇の幕が上がる！**

橘佑二は、結婚の挨拶のために婚約者・乙瑠《いちる》の故郷である九州山中の村を訪れていたが、そこで異様な儀式を目撃してしまう。実は村には生まれ変わりの伝承があり、皆がその神を崇拝しているというのだ。佑二は言い知れぬ恐怖を覚えたが、乙瑠の出産でやむを得ず村を再訪する。だが生まれた子供は神の器として囚われてしまい……。佑二は家族を取り戻せるのか⁉　一気読み必至の第39回横溝正史ミステリ＆ホラー大賞読者賞受賞作。

角川ホラー文庫

ISBN 978-4-04-108826-5

二階の王

名梁和泉

**空前のスケールの現代ホラー！**

30歳過ぎのひきこもりの兄を抱える妹の苦悩の日常と、世界の命運を握る〈悪因〉を探索する特殊能力者たちの大闘争が見事に融合する、空前のスケールのスペクタクル・ホラー！　二階の自室にひきこもる兄に悩む朋子。その頃、元警察官と6人の男女たちは、変死した考古学者の予言を元に〈悪因研〉を作り調査を続けていた。ある日、メンバーの一人が急死して……。第22回日本ホラー小説大賞優秀賞受賞作。文庫書き下ろし「屋根裏」も併録。

角川ホラー文庫

ISBN 978-4-04-106053-7

# きみといたい、朽ち果てるまで

**坊木椎哉**

## 選考委員落涙のホラー大賞受賞作

疎外された人々が流れ着く街・イタギリの少年・晴史《はるふみ》は、ごみ収集で家計を支えながら、似顔絵描きの可憐な少女・シズクと心を通わせ、苛烈《かれつ》な日常の中に居場所と安らぎを見出す。しかし運命は、静かに身を寄せ合うふたりを無情に引き裂き——。「ねぇ、お願いがあるの」 薄れゆく意識の中、シズクが最期に望んだこととは？　希望なき世界で出会ってしまった少年と少女の、恐ろしくも美しい究極の愛。涙と狂気のラブストーリー。

角川ホラー文庫

ISBN 978-4-04-106346-0

# 奇奇奇譚編集部

## ホラー作家はおばけが怖い

**木犀あこ**

## 臆病作家と毒舌編集者が怪異に挑む！

霊の見える新人ホラー作家の熊野惣介《ゆやそうすけ》は、怪奇小説雑誌『奇奇奇譚』の編集者・善知鳥《うとう》とともに、新作のネタを探していた。心霊スポットを取材するなかで、姿はさまざまだが、同じ不気味な音を発する霊と立て続けに遭遇する。共通点を調べるうち、ふたりはある人物にたどり着く。霊たちはいったい何を伝えようとしているのか？　怖がり作家と最恐編集者のコンビが怪音声の謎に挑む、第24回日本ホラー小説大賞優秀賞受賞作！

角川ホラー文庫

ISBN 978-4-04-106137-4

# 死と呪いの島で、僕らは

## 雪富千晶紀

**それでも、彼は彼女に恋をする。**

東京都の果ての美しい島。少女、椰々子《ややこ》は、死者を通し預言を聞く力を持ち、不吉だと疎まれている。高校の同級生で名家の息子の杜弥《もりや》は、そんな彼女に片想い。しかし椰々子が「災いが来る」という預言を聞いた日から、島に異変が。浜辺に沈没船が漂着し、海で死んだ男が甦り、巨大な人喰い鮫が現れる。やがて島に迫る、殺戮の気配。呪われているのは、島か、少女か。怖さも面白さも圧倒的!!　第21回日本ホラー小説大賞〈大賞〉受賞作！

角川ホラー文庫

ISBN 978-4-04-104735-4